Chère lectrice,

Avez-vous déjà rêvé qu'une seconde chance vous soit offerte ? Une chance de tout recommencer, de changer votre destin...

Lorsque Marina, la merveilleuse héroïne du roman *Le fils secret du cheikh* (de Trish Morey, Azur n°3444), retrouve Bahir, l'homme qui lui a cruellement brisé le cœur, elle comprend qu'elle vit un de ces moments, si précieux, où tout peut basculer. Elle qui a déjà tant souffert, doit-elle lui fermer son cœur à jamais, ou tout risquer pour croire encore à leur amour ? Un amour si fort et si pur, que lui seul peut triompher du passé et leur offrir cette nouvelle chance de bonheur à laquelle nous voulons toutes croire.

Je suis sûre que, comme moi, vous serez bouleversée par ce roman fort, balayé par le souffle chaud du désert.

Je vous souhaite un très bon mois de lecture.

La responsable de collection

D0988388

Une passion défendue

ANNIE WEST

Une passion défendue

collection *Azur*

éditions ✛ HARLEQUIN

Collection : Azur

*Cet ouvrage a été publié en langue anglaise
sous le titre :*
DEFYING HER DESERT DUTY

Traduction française de
ELISHEVA ZONABEND

HARLEQUIN®
est une marque déposée par le Groupe Harlequin
Azur® est une marque déposée par Harlequin S.A.

ÉDITIONS HARLEQUIN
83-85, boulevard Vincent Auriol, 75646 PARIS CEDEX 13.
Service Lectrices — Tél. : 01 45 82 47 47
www.harlequin.fr

ISBN 978-2-2803-0644-7 — ISSN 0993-4448

1.

Soraya était mal à l'aise. Depuis le début de la soirée, dans ce club parisien où ses amis l'avaient entraînée, elle sentait un regard insistant posé sur elle et n'avait même plus besoin de lever la tête pour savoir qui la regardait.

L'inconnu dans la pénombre.

Grand, brun, large d'épaules, il portait une veste en cuir et la lumière tamisée du bar faisait ressortir la force virile de son visage aux traits marqués.

Une onde de chaleur se propagea dans tout son corps et sa gorge se noua. Mais pourquoi la fixait-il ainsi ? Troublée, Soraya se pencha vers son groupe d'amis. Raoul et Jean-Paul discutaient politique tandis que Michelle et Marie parlaient mode. Raoul lui passa négligemment un bras autour des épaules. Elle se raidit instantanément puis se raisonna : ce n'était qu'un geste amical, après tout. Même si elle adorait le style de vie décontracté des Parisiens, elle n'avait pas encore réussi à se départir de sa réserve. Elle avait beau avoir quitté Bakhara depuis plusieurs mois, son pays lui collait à la peau. Et elle n'avait pas changé de nature en changeant de continent.

Un mouvement attira son attention et elle ne put s'empêcher de tourner la tête. L'homme n'avait pas bougé ; il était toujours assis, vaguement éclairé par la flamme vacillante de la bougie posée sur sa table, sauf qu'il regardait à présent une blonde aux longues jambes, vêtue d'une minirobe de satin rouge. La jeune femme se pencha en avant, offrant aux regards son décolleté plongeant. Invitation flagrante, songea Soraya, qui détourna brusquement les yeux et ne broncha pas lorsque Raoul la serra de plus près.

Zahir se cala dans son fauteuil, entourant son verre de ses deux mains pour en ressentir la fraîcheur bienfaisante. Il avait chaud, mais ce n'était pas à cause de l'atmosphère confinée du night-club. Non, l'unique responsable, c'était cette femme, de l'autre côté de la pièce.

Mais dans quel pétrin s'était-il fourré ? « Rien de bien compliqué », avait assuré Hussein. Tu parles… Ça sentait les ennuis à plein nez, mais maintenant qu'il avait retrouvé sa cible, il n'avait pas d'autre choix que de rester, même au prix de sa sérénité.

Dans d'autres circonstances, il aurait sans doute répondu à l'invitation de la sensuelle Suédoise qui lui faisait face, car il n'était pas homme à bouder les petits plaisirs de la vie. Mais uniquement durant son temps libre. Ce soir, il était là dans l'exercice de ses fonctions. Impossible de se dérober à ses obligations.

Il y avait autre chose que le devoir, cependant. Quelque chose d'étrange. Une espèce de fascination pour les yeux de biche et la bouche en cœur de la jeune femme qui, en ce moment, buvait les paroles d'un intellectuel gringalet en train de pontifier comme s'il avait la moindre idée de la façon dont on gouvernait un pays.

Agacé, Zahir posa son verre. Il n'avait pas besoin de ce genre de complication. Les complications, il avait passé sa vie à apprendre à les éviter. Au fil des ans, il avait réussi à juguler son impatience, à cultiver le sens de la négociation et la discrétion. Pourtant, depuis sa naissance, il avait été élevé en guerrier. En théorie, il était toujours le chef des gardes du corps de l'émir, et le combat ne l'effrayait pas. Alors, s'il s'était écouté, il aurait volontiers donné une leçon à ce poseur qui faisait étalage de sa culture livresque tout en serrant de près sa voisine.

De trop près…

Rien qu'à le voir frôler son bras nu, Zahir sentait ses poings le démanger. Une réaction aussi violente, ce n'était vraiment pas normal, et c'était mauvais signe ! Un pressentiment l'envahit : il avait commis une erreur en acceptant cette mission.

Soraya se libéra tant bien que mal de l'étreinte de Raoul, qui la pressait contre lui. Mais quelle idée stupide elle avait eue d'accepter de danser avec lui ! Il était vraiment très tard et si cela n'avait tenu qu'à elle, elle serait déjà dans son lit. Le problème, c'était Lisle ; sa colocataire avait fini par se réconcilier avec son petit ami et Soraya avait à cœur de préserver leur intimité, quitte à rester dehors jusqu'à l'aube.

Elle repoussa de nouveau la main baladeuse de Raoul. Elle n'avait pas l'habitude de ce genre de situation, accoutumée qu'elle était à garder ses distances avec les hommes. A vrai dire, elle avait suivi Raoul sur la piste de danse sans réfléchir, pour échapper à l'intensité troublante de l'inconnu et à l'effet qu'elle lui faisait.

Et même maintenant, elle sentait la brûlure de son regard sur son dos, ses bras nus, ses joues.

Que lui voulait-il ? Elle n'avait pourtant rien de provocant, ni dans sa tenue ni dans ses manières. « Une robe de jeune fille sage », aurait dit Lisle. Soraya brûlait de traverser la salle pour intimer à cet homme l'ordre de cesser son petit jeu. Seulement elle était à Paris, où regarder les femmes était pour les mâles un sport national.

En attendant, il y en avait un qui ne perdait pas de temps ! Comme la main de Raoul se faisait insistante, Soraya se raidit.

— Ça suffit ! ordonna-t-elle sèchement. Retire ta main ou…

— Un changement de cavalier s'impose, on dirait.

La voix était grave et mélodieuse, teintée d'un accent étranger, enveloppante comme une caresse. Mais la fermeté du ton révélait clairement que le nouveau venu ne plaisantait pas. Il repoussa Raoul, qui, les yeux étincelants de colère, tenta de résister. L'autre, qui le dominait par la taille et la carrure, n'eut aucun mal à entraîner Soraya dans une danse sans qu'elle ait pu protester.

Elle était à la fois soulagée et stupéfaite : celui qui venait de l'arracher aux bras de Raoul n'était autre que l'inconnu qui avait passé la soirée à la regarder !

A en juger par l'aisance avec laquelle il l'avait prise dans ses bras, nul doute qu'il savait y faire avec les femmes. A commencer par elle. Comment expliquer, sinon, qu'elle l'ait suivi sans réfléchir, sans la moindre appréhension, la moindre indignation ?

A présent, serrée contre lui, elle percevait son souffle sur son front et la chaleur qui émanait de son corps puissant. Une chaleur qui la gagnait progressivement.

Du coin de l'œil, elle aperçut Raoul qui revenait à la charge, le poing levé et le visage rouge de fureur. Elle allait intervenir mais déjà son cavalier, après s'être excusé auprès d'elle, se dressait face à l'étudiant, qui battit aussitôt en retraite.

Puis, sans lui laisser le temps de poser la moindre question, il la reprit dans ses bras.

C'était là le comportement type du mâle revendiquant la conquête de sa femelle, ce qui n'était guère du goût de Soraya. Pour qui se prenait-il ? S'il croyait qu'elle allait se laisser faire sans mot dire simplement parce qu'il l'avait débarrassée de Raoul, il se trompait lourdement !

— Qu'est-ce qui vous fait croire que j'ai envie de danser avec vous ? demanda-t-elle.

Elle avait levé le menton, en signe de défi autant que pour cacher son trouble. Terrible erreur que d'avoir ainsi penché la tête en arrière car le regard vert émeraude qu'elle croisa alors la transperça au point qu'elle se sentit chavirer.

Son cavalier avait des paupières un peu lourdes qui

lui donnaient une physionomie indolente, mais le regard insistant avec lequel il la dévisageait était d'une intensité qui contredisait cette première impression. Ses traits durs — des pommettes saillantes, une mâchoire carrée, un nez long et fin — dégageaient un incroyable pouvoir de séduction mâtiné d'une sensualité virile. Son teint hâlé et les petites ridules autour de ses yeux révélaient une vie au grand air. Car ce n'étaient pas des rides d'expression tant il était difficile d'imaginer que cet homme, qui la considérait d'un air sévère, ait le sourire facile…

Gênée par son regard inquisiteur, elle détourna les yeux.

— Je ne crois rien du tout, rétorqua-t-il enfin avec un haussement d'épaules. J'ai juste remarqué que votre cavalier était trop entreprenant à votre goût. Je me trompe ?

Malgré sa diction impeccable, Soraya eut la confirmation qu'il n'était pas français. Que lui voulait-il ? De toute évidence, il n'avait ni le ton badin ni le comportement enjoué de celui qui cherche un simple flirt. Malgré sa carrure imposante et tout en muscles, il était souple, félin. Il la tenait contre lui d'une poigne solide. Soudain, elle se sentit en danger, prise au piège. Allons, c'était ridicule : elle se trouvait dans un lieu public, avec ses amis à deux pas…

— Ce n'est pas la question, répliqua-t-elle.

— Donc vous êtes d'accord. Il vous importunait.

— Peut-être, mais je n'ai pas besoin d'un chaperon. Je suis une fille indépendante.

— Alors pourquoi ne pas l'avoir obligé à lâcher prise ?

Elle perçut de la colère dans sa voix ; il était évident qu'il faisait tout pour se contenir. Que répondre ? Qu'on pouvait vivre librement loin de son pays sans savoir pour autant repousser les avances d'un ami ? Elle gardait généralement ses distances avec ses collègues et évitait d'attirer leur attention. Ce soir, c'était la toute première fois qu'elle dansait avec un homme — elle ne l'aurait avoué pour rien au monde, encore moins à l'inconnu qui la tenait dans ses bras. A Bakhara, les filles de bonne famille n'approchaient pas les garçons mais ici, à Paris, sa réserve l'aurait fait passer pour une folle.

— Vous n'avez rien à répondre à ma question : pourquoi l'avoir laissé faire ?

— Cela ne vous regarde pas.

Il accusa le coup ; à en juger par la crispation de ses lèvres et son air désapprobateur, ces paroles n'étaient visiblement pas à son goût. Heureusement, la fin du morceau permit à Soraya de se dégager. Elle remercia l'homme par pure politesse, sans masquer son irritation. Qu'il n'aille pas croire qu'elle lui était reconnaissante de l'avoir fait danser ! Elle se retournait pour s'éloigner quand, à sa grande surprise, l'homme la fit pivoter d'un mouvement rapide. Elle se trouva de nouveau plaquée contre son torse musclé.

— Mais qu'est-ce que… ?

— Et si je décide que ça me regarde ? demanda-t-il avec un froncement de sourcils qui accentua l'intensité de son regard vert.

— Pardon ? bredouilla-t-elle, médusée.

— Vous m'avez entendu. Cessez votre petit jeu.

— Mon petit jeu ? articula-t-elle en s'étranglant d'indignation, tout en cherchant à se libérer. C'est plutôt à moi de vous demander à quoi vous jouez, alors que vous avez passé la soirée à m'observer !

— Vous aviez envie que je fasse plus que vous observer ? murmura-t-il d'une voix de velours.

— Non ! s'écria-t-elle, troublée et fascinée malgré elle par la lueur qui brillait dans ses yeux.

Puis, comme elle n'arrivait toujours pas à se dégager, elle lui planta son talon aiguille dans le pied.

L'instant d'après, elle était libre et quittait la piste de danse la tête haute, en femme qui maîtrise la situation. Mais l'expression du visage de l'inconnu lorsqu'elle lui avait fait lâcher prise restait imprimée dans son esprit : impassible, ne trahissant aucune souffrance, en dépit de ce qu'il avait dû ressentir. Quel genre d'homme s'entraînait ainsi à supporter la douleur ?

A cette heure-ci, le hall du night-club était désert ; même le videur avait quitté son poste. Zahir réfléchissait aux événements de la soirée et en avait conclu que tenir Soraya dans ses bras avait été une erreur. Pourquoi ? Il n'avait pas la moindre envie d'en analyser la raison. A quoi cela l'avancerait-il puisqu'il le percevait comme une évidence ?

Une chose était sûre : cette femme ne lui causerait que des ennuis. Il l'avait su dès l'instant où la porte de son appartement s'était ouverte et qu'il avait découvert non pas le logement respectable auquel il s'était attendu, mais un nid d'amour abritant un couple à demi nu. Il avait à n'en pas douter interrompu les ébats des deux tourtereaux, qui n'auraient certainement pas ouvert si ses coups de sonnette intempestifs n'avaient pas risqué d'ameuter le voisinage. Toujours est-il qu'ils lui avaient donné l'adresse de la boîte de nuit miteuse où il avait fini par trouver Soraya Karim.

Il ne lui en avait pas fallu plus pour imaginer le genre de vie qu'elle devait mener à Paris. A sa décharge, il lui fallait reconnaître qu'elle ne s'affichait pas à moitié dévêtue comme certaines femmes. Mais sa robe prune moulait admirablement des formes faites pour attirer l'attention des hommes, et dévoilait des jambes parfaites. Le tissu était si fluide qu'il donnait l'impression de couler sur sa peau. Rien que d'y penser, Zahir sentit ses mains le picoter. Il étouffa un juron.

Le problème, ce n'était pas l'effet qu'elle lui faisait mais le fait qu'il n'avait *pas le droit d'éprouver quoi que ce soit* pour elle. Hormis du dégoût pour avoir dupé Hussein en ne repoussant pas les avances de cet étudiant minable au semblant de barbe ridicule !

Il réprima un grondement de colère. Non, elle n'était pas celle qu'il avait imaginée. La vieille photo qu'on lui avait remise montrait le visage rond, presque joufflu, d'une enfant innocente. Or, avec ses pommettes hautes, ses courbes sexy et ses lèvres pleines — sans parler de ses talons aiguilles de dix centimètres ornés de paillettes —, la femme de ce soir avait tout de la séductrice-née, objet de tentation pour n'importe quel homme normalement constitué !

Une vague de chaleur se répandit dans le creux de ses reins, qu'il ne pouvait décemment mettre sur le compte de la répulsion que la conduite de la jeune femme lui inspirait.

Elle l'avait impressionné lorsqu'elle lui avait tenu tête. Peu de personnes osaient lui résister. Son regard au moment où elle s'était servie de son foutu talon l'avait, un instant, laissé interdit. Et quand elle avait traversé la piste de danse, avec la grâce et l'arrogance d'une impératrice, il aurait volontiers applaudi.

Un cliquetis de talons aiguilles interrompit le cours de ses pensées et, à son grand dam, ses sens s'embrasèrent de nouveau. Furieux contre lui-même, il se retourna et fit face à celle qu'il attendait depuis de longues minutes.

Ils étaient seuls.

— Vous ? Que faites-vous ici ? s'écria-t-elle en reculant.

— Il faut qu'on parle.

— Nous n'avons rien à nous dire, répliqua-t-elle en secouant la tête. Si vous ne me laissez pas tranquille, je…

— Vous ferez quoi ? coupa-t-il, ironique. Appeler votre play-boy à la rescousse ?

Il croisa les bras tandis que le feu qui courait dans ses veines allumait un brasier dans tout son corps. Mais qu'avait donc cette femme pour le mettre dans un tel état ?

— Non, déclara-t-elle en sortant son téléphone portable. J'appellerai la police.

— Ce n'est pas une bonne idée, princesse.

— Ne m'appelez pas princesse !

Sa voix tremblait d'indignation.

— Pardonnez-moi, *mademoiselle Karim*, fit-il en adoptant l'expression neutre et le ton de circonstance qu'il utilisait lors de négociations particulièrement difficiles.

— Vous connaissez mon nom ? s'exclama-t-elle avec un regard apeuré.

Zahir s'en voulut aussitôt de l'avoir effrayée. Décidément, rien ne se passait comme prévu.

— Vous n'avez rien à craindre, assura-t-il avec un geste conciliant.

Elle recula en tâtonnant derrière elle à la recherche de la porte.

— Je ne discute pas avec des inconnus dans des lieux déserts.

Zahir prit une profonde inspiration.

— Pas même avec quelqu'un qui vient de la part de votre futur mari ?

2.

Soraya se figea, choquée, de la glace dans les veines.
Son futur mari...

Non, non ! Ce n'était pas possible ! Pas tout de suite.
Pas maintenant. Elle n'était pas prête. Il lui restait encore
plusieurs mois à passer à Paris.

Sa gorge se serra, elle avait la sensation d'étouffer.
Chancelante, elle s'appuya contre le mur puis inspira
profondément à plusieurs reprises pour calmer les battements de son cœur. Comme à travers un voile, elle vit
l'inconnu avancer vers elle, bras tendu. Elle se raidit et
il s'arrêta en laissant sa main retomber. Dieu merci, il
ne l'avait pas touchée ! Elle avait encore le souvenir de
la vague de chaleur qui l'avait envahie à son contact et
n'avait certainement pas envie de se retrouver dans une
situation identique.

Elle devait absolument garder la tête froide.

— Vous venez de Bakhara ? fit-elle d'une voix qu'elle
voulait ferme.

— Oui.

— Et vous êtes ?

— Mon nom est Zahir Adnan El Hashem, répondit-il
en s'inclinant.

Venant d'un homme vêtu d'un jean, d'une veste de
cuir et chaussé de bottes, la révérence aurait pu paraître
incongrue ; pourtant, d'une certaine façon, les vêtements
occidentaux ne faisaient qu'accentuer sa force et son
attitude inflexible.

Soraya déglutit péniblement, parcourue d'un frisson glacé. Elle avait entendu parler de Zahir El Hashem. D'ailleurs, qui, à Bakhara, n'avait pas entendu parler de lui ? Il était le bras droit de l'émir Hussein, quelqu'un à ne pas sous-estimer : un guerrier renommé et, selon son père, un homme qui était en train de se tailler la réputation d'un diplomate rusé mais hautement considéré. Etant donné sa notoriété, elle l'aurait cru plus âgé, mais ce qui la mettait dans tous ses états, c'était le fait que l'émir l'avait envoyé, *lui*, le conseiller en qui il avait le plus confiance. Un homme à la fermeté intransigeante, qui n'aurait aucun scrupule à ramener au pays une future épouse récalcitrante. Elle poussa un long soupir. *Elle avait été rattrapée par son destin.* Le destin auquel elle avait espéré pouvoir échapper.

— Et vous êtes Soraya Karim.

Ce n'était pas une question. Il savait exactement qui elle était.

— Pourquoi être venu me chercher ici ? finit-elle par dire d'une voix sourde. Et à une heure pareille ?

Elle essayait de gagner du temps, pour retarder le moment où elle devrait entendre les nouvelles qu'il apportait.

— Ce que j'ai à vous dire est important.

— Je n'en doute pas. Mais nous pourrions certainement en parler demain à une heure décente ?

En repoussant l'inévitable, elle devait passer pour une enfant gâtée ; mais c'était plus fort qu'elle.

— Nous sommes déjà demain. Mon message ne vous intéresse pas ?

Il marqua un temps d'arrêt et plongea son regard dans le sien.

— Il ne vous est pas venu à l'esprit, poursuivit-il d'un ton acerbe, tout en gardant un visage impénétrable, que je pouvais vous apporter de mauvaises nouvelles ?

De saisissement, Soraya laissa tomber son téléphone.

— Mon père ? balbutia-t-elle en pressant les doigts contre ses lèvres tremblantes.

— Non ! fit-il d'un ton catégorique avec un mouvement de la tête. Non, votre père va bien. Je suis désolé. Je n'aurais pas dû…

— S'il ne s'agit pas de mon père, alors… ?

Il l'interrompit d'un geste brusque.

— Mes excuses, mademoiselle Karim. Je n'aurais pas dû parler de « mauvaises nouvelles ». C'était stupide de ma part. Tout le monde va bien dans votre entourage, soyez-en sûre.

Tout le monde. Cela incluait son futur mari, dont elle aurait dû accueillir avec empressement l'émissaire. Elle prit conscience de l'étrangeté de son comportement : quelle femme n'aurait pas eu peur qu'un tel messager ne soit porteur de mauvaises nouvelles concernant l'homme avec lequel elle était censée passer le reste de sa vie ? Qu'avait dû penser Zahir El Hashem de sa réaction désinvolte ?

— Je suis contente de l'apprendre, murmura-t-elle en baissant la tête pour masquer sa confusion.

— Je vous prie de nouveau de m'excuser pour mon manque de tact. Pour vous avoir inquiétée à tort.

— Ce n'est pas grave.

— Venez, commanda Zahir d'une voix bourrue. Nous ne pouvons pas discuter ici.

Il avait raison. Elle avait besoin de savoir exactement de quoi il s'agissait. Elle acquiesça d'un signe de tête. Soudain, une immense fatigue la terrassa, la fatigue que devait ressentir un animal qui, après une longue course, se retrouvait face à son prédateur sans moyen de lui échapper.

— Bien sûr, répondit-elle en redressant les épaules pour cacher son désarroi.

Il l'escorta à l'extérieur sans poser la main sur elle. Son intuition lui disait qu'il ne la toucherait plus, et c'était mieux ainsi.

Dans l'allée déserte, l'aube marbrait le ciel grisâtre de ses feux pâles, rivalisant avec la lueur des lampadaires. Soraya jeta un regard circulaire à la recherche d'un véhicule officiel mais seule une énorme moto se distinguait dans la pénombre.

Où Zahir El Hashem comptait-il l'emmener? Il la conduisit vers l'artère principale, puis dans une petite rue adjacente, avec une assurance qui révélait qu'il savait exactement où il allait.

Peut-être aurait-elle dû lui demander une preuve de son identité, avant de le suivre… Pourtant, son instinct lui garantissait qu'il était bien l'homme qu'il prétendait être.

La fraîcheur de la nuit la fit frissonner. Aussitôt, le poids d'une lourde veste de cuir pesa sur ses épaules, comme si un magicien avait exaucé son vœu. La douce chaleur et l'odeur masculine qui se dégageaient du vêtement mirent ses sens en émoi.

— Vous aviez froid.

Dans la pénombre, le visage de Zahir restait indéchiffrable. Son T-shirt sombre moulait un torse parfaitement sculpté et ses bras nus laissaient voir les muscles puissants que la veste avait dissimulés. Son corps tout entier dégageait une virilité *dangereuse*.

— Merci, répondit Soraya en s'obligeant à détourner les yeux.

La rue avait commencé à s'animer. Un marché était en train de s'installer : des camionnettes manœuvraient, on déchargeait caisses et cageots, on dressait des étals. Cette agitation rassura Soraya. Elle resserra les pans de la veste sur ses épaules en se disant que c'était le choc d'avoir des nouvelles de Bakhara qui la déstabilisait.

Et que l'homme qui marchait silencieusement à son côté n'y était absolument pour rien…

Zahir ralentit le pas pour se caler sur l'allure de la jeune femme. Elle avait de longues jambes mais ses talons n'étaient pas faits pour les pavés, qui lui donnaient une démarche chaloupée terriblement provocante. Sa gorge s'assécha et il se força à regarder droit devant lui.

Cette femme ne correspondait décidément pas à l'image

qu'il s'en était faite ; elle n'était pas digne d'Hussein. Jamais il n'aurait imaginé qu'elle puisse passer la soirée collée à un autre homme, danser avec lui, l'ensorceler de ses immenses yeux brillants, le laisser la tripoter comme si elle lui appartenait.

Il fit résolument taire la petite voix qui lui chuchotait qu'il aurait bien aimé la tenir de nouveau dans ses bras et sentir contre lui son corps de rêve. Il n'entrait pas en compte dans cette équation, qui ne concernait que Soraya Karim et Hussein, l'homme auquel il devait tout.

Il ouvrit la porte d'un café brillamment éclairé et s'effaça pour laisser passer la jeune femme.

Dès l'entrée, Soraya eut l'impression d'avoir été transportée un siècle en arrière. Des box de bois s'alignaient le long des murs, ornés de miroirs Art nouveau et d'affiches sur lesquelles les femmes portaient des corsets et les hommes des canotiers ou des hauts-de-forme. La machine à café étincelante, en revanche, était on ne peut plus moderne, tout comme le sourire sensuel dont la petite serveuse gratifia Zahir.

Soraya ne put s'empêcher de ressentir une pointe d'irritation. Pas étonnant qu'il soit si sûr de lui : il devait avoir toutes les femmes à ses pieds.

Elle traversa la salle en faisant claquer avec assurance ses talons sur le carrelage noir et blanc pour se donner une contenance, puis s'installa confortablement et s'absorba dans la contemplation du décor pour éviter d'avoir à croiser le regard de Zahir. Une serveuse vint prendre leur commande, sans le quitter des yeux — ce qui n'avait rien d'étonnant.

— Ainsi, vous arrivez droit de Bakhara, dit-elle finalement d'un ton impassible. Pour quelle raison ?

— Je suis porteur d'un message de la part de l'émir.

Soraya hocha la tête, la gorge nouée, en proie à une tension extrême.

— Et ?

— L'émir Hussein vous adresse ses salutations et aimerait savoir comment vous vous portez.

Elle lui lança un regard interrogateur. L'émir se préoccupait de sa santé ? Ce n'était tout de même pas pour ça qu'il avait dépêché un émissaire. Elle s'attendit au pire.

— Je vais bien, répondit-elle d'une voix sereine, en dépit de sa difficulté à respirer calmement. Et comment va l'émir ?

— Il est en excellente santé.

C'était la réponse attendue dans le cadre d'échanges régis par des règles de politesse formelle.

Un silence lourd s'installa entre eux, que vint rompre l'arrivée de la serveuse qui apportait leurs cafés : *espresso* pour lui et café crème pour elle.

— L'émir m'a également confié une mission.

Soraya se contenta de hocher la tête en portant la tasse à ses lèvres pour se réchauffer et masquer son appréhension.

— Il m'a chargé de vous ramener à Bakhara. Le moment de vous marier est arrivé.

Ses doigts fins enserrèrent la tasse tellement fort que Zahir en vit blanchir les jointures. Soraya ne leva pas les yeux mais les garda fixés sur sa boisson.

— Je vois, fit-elle au bout d'un long moment, les yeux toujours baissés, tout en reposant sa tasse sur la table.

Il fronça les sourcils.

— Est-ce que ça va ?

— Parfaitement bien, merci, répondit-elle en esquissant un sourire forcé.

Elle leva lentement la tête, comme si elle faisait un effort, puis ses yeux rencontrèrent les siens et il fut frappé par leur couleur, un marron foncé velouté constellé de petites taches plus claires, comme de la poussière d'or. Dans la pénombre de la boîte de nuit, il n'avait pas remarqué à quel point ils étaient magnifiques.

Allons bon, voilà qu'il s'égarait… Se calant brusquement

dans son siège, il avala une gorgée de café brûlant pour se remettre les idées en place.

— L'émir a-t-il fixé une date ?

Sa voix ferme et son ton cassant cachaient mal la tension qui l'habitait.

— Pas que je sache, répondit-il avec un haussement d'épaules.

Comme si Hussein allait le consulter pour ce genre de détail mineur ! C'était du ressort des organisateurs de mariage, et nul doute qu'ils allaient tous se disputer la tâche de s'occuper de ce qui s'annonçait comme les noces de la décennie.

— Donc, l'émir veut que je rentre, lâcha-t-elle avec comme une lueur de peur au fond des yeux.

C'était absurde ! Quelle raison aurait-elle d'avoir peur ? N'importe quelle femme serait aux anges d'apprendre qu'il était venu la chercher pour épouser l'émir de Bakhara. Sa richesse personnelle ainsi que son rang étaient des atouts auxquels peu de femmes pourraient résister. Soraya Karim n'avait rien à craindre et tout à gagner.

— En effet.

Elle ne broncha pas mais Zahir la vit se composer une attitude, redressant les épaules, levant le menton, comme lorsqu'elle avait quitté la piste de danse d'un air altier. Le feu qui couvait dans ses veines se raviva. Bon sang ! Depuis quand une femme avait-elle eu un tel effet sur lui ? Même sa dernière maîtresse, sublime pourtant, ne l'avait jamais mis dans cet état.

Il se passa la main sur la mâchoire. Il n'avait pas pris la peine de raser sa barbe de plusieurs jours. Il manquait de sommeil. Cela faisait trente-six heures qu'il n'avait pas dormi, pressé d'arriver et de tout régler rapidement pour pouvoir se consacrer aux nouveaux défis qui l'attendaient. Pas étonnant, dans ces conditions, qu'il perde aussi vite la tête face à cette femme !

— L'émir m'a demandé de vous escorter durant le trajet, précisa-t-il avec un sourire qui se voulait rassurant.

Comme s'il n'avait rien de mieux à faire que de lui servir de garde du corps ! Mais il n'avait pu refuser ce service à Hussein. Soraya Karim serait bientôt son épouse, et quoi de plus normal que de vouloir la savoir en sécurité pendant son voyage ? Mais quel dommage que personne n'ait songé à la surveiller quand elle faisait la fête à Paris !

— Je remercie l'émir d'avoir eu la gentillesse de me fournir une escorte, dit-elle avec un sourire forcé. Cependant, vous m'auriez rendu un grand service en me prévenant de votre arrivée. Cela m'aurait donné le temps de prendre mes dispositions.

La désapprobation qui perçait sous son ton extrêmement poli ne fut pas du goût de Zahir. Quelles dispositions avait-elle besoin de prendre ? En future épouse pressée de se marier, elle aurait dû sauter de joie à l'idée de rentrer à Bakhara et à la pensée des somptueux cadeaux qu'elle allait recevoir. Depuis le temps qu'Hussein reportait ce mariage, sa promise aurait dû être aux anges... Au lieu de quoi, elle restait de marbre.

— Ne vous inquiétez pas, je me charge de tout, répondit-il.

Il suffisait de quelques coups de fil pour mettre fin au bail et recruter un déménageur.

— C'est très gentil à vous, mais je préfère tout régler moi-même. Quand l'émir m'attend-il ? ajouta-t-elle après une hésitation.

— J'ai planifié un vol pour demain soir. Le jet royal est à notre disposition.

Une journée pour remplir ses obligations de chaperon et la remettre saine et sauve à Hussein, puis il pourrait enfin se consacrer à son nouveau poste.

— *Demain* ? balbutia-t-elle en blêmissant, ce qui la fit paraître étonnamment fragile.

Décidément, il avait bien du mal à la comprendre. Il s'attendait à de l'enthousiasme, voire à de la gratitude, pas à cet air horrifié ! Quoi qu'il en soit, il n'était pas là pour essayer de décrypter la personnalité de Soraya Karim, d'autant plus qu'il y avait de fortes chances pour qu'elle ne trouve pas grâce à ses yeux. Il mettait la loyauté au-dessus de tout et Hussein méritait mieux qu'une fiancée volage.

— Cela pose un problème ? demanda-t-il sans dissimuler sa désapprobation.

Avait-elle besoin d'un peu plus de temps pour faire ses adieux à cet échalas dégingandé qu'il avait vu au night-club ? Il ne manquerait plus qu'elle retarde son départ pour ce cloporte ! Une bouffée de colère l'envahit à l'idée qu'elle avait pu abuser de la confiance d'Hussein.

— Oui. Demain, ce n'est pas possible.

Voilà tout ce qu'elle avait à répondre ! Pas d'explications, pas d'excuses, juste une lueur de défi dans ses beaux yeux et une moue d'obstination butée. N'empêche, il fallait avoir du cran pour le contrecarrer de la sorte…

— Et quand cela vous sera-t-il possible, alors ?

Il vit le rouge lui monter au visage et ses lèvres s'entrouvrir, comme si elle était choquée par son ton brusque. Avec sa moue étonnée et ses boucles qui cascadaient dans son dos, elle aurait fait se damner un saint. Zahir, qui était loin d'être un saint, sentit son pouls s'accélérer et un feu dévorant embraser ses entrailles.

Malgré ses efforts pour cacher son trouble, il lut dans les yeux de Soraya qu'elle avait deviné l'attirance qu'elle exerçait sur lui. Cela ne fit qu'accroître le climat de tension qui régnait entre eux. Ce n'était plus tenable. Il fallait qu'elle sorte de sa vie au plus vite. Il allait la ramener à Bakhara de gré ou de force, même s'il était convaincu qu'elle n'était pas une fiancée convenable pour son mentor et meilleur ami.

3.

Soraya n'avait nul besoin que Zahir lui exprime ouvertement sa désapprobation, son regard accusateur était bien plus éloquent que des mots. Mais elle n'en avait cure. Que lui importait le jugement d'un laquais de l'émir ? Et quand bien même il aurait été l'un des hommes les plus puissants du pays, cela n'aurait absolument rien changé : elle ne se souciait guère de l'opinion d'autrui. Elle avait suffisamment souffert, dans son enfance, d'entendre jaser sur les écarts de conduite de sa mère. A présent, elle était au-dessus de tout cela et avait mieux à faire que de gagner l'approbation de Zahir El Hashem. Les nouvelles qu'il venait de lui apporter changeaient sa vie.

— Donnez-moi jusqu'à après-demain, dit-elle d'une voix tendue, et j'y verrai plus clair.

Combien de temps lui faudrait-il pour empaqueter ses effets, faire ses adieux et, surtout, terminer sa recherche ? Elle craignait fort que le délai qui lui serait accordé ne soit insuffisant. Résolument, elle refréna l'anxiété qui la gagnait. Il était hors de question que Zahir voie sa faiblesse ; elle aurait tout le loisir de donner libre cours à sa peur lorsqu'elle se retrouverait seule.

— Je voudrais rentrer, déclara-t-elle en se levant tout à coup.

— Je vais vous raccompagner, répondit-il en l'escortant vers la porte.

— Merci, ce n'est pas nécessaire.

Mais, à son grand déplaisir, il hélait déjà un taxi et,

sans lui laisser le temps de protester, lui ouvrait la portière avant d'aller s'installer de l'autre côté.

— J'ai dit que…

Ses paroles se perdirent dans le bruit du moteur tandis que Zahir indiquait l'adresse au chauffeur.

Bien sûr, il connaissait son adresse. Comment l'aurait-il retrouvée, sinon ? A l'idée que cet homme puisse pénétrer dans l'intimité de son appartement, elle fut gagnée par un sentiment d'inquiétude. Elle devait impérativement garder ses distances…

Quinze minutes plus tard, ils étaient sur le trottoir devant son immeuble. Elle avait beau avoir assuré à l'émissaire de son futur mari qu'il n'avait pas besoin de la raccompagner jusqu'à sa porte, celui-ci n'avait rien voulu entendre. De même qu'il avait payé la course pendant qu'elle fouillait dans son sac à la recherche de monnaie. Gestes de politesse, certes, mais qu'elle percevait comme une façon insidieuse de s'immiscer dans sa vie, de mettre à mal sa revendication d'être une femme libre.

Une femme libre… Quelle illusion, quand sa vie entière allait lui échapper à cause d'une promesse à honorer, d'un devoir à accomplir. Adieu la liberté à laquelle elle venait à peine de goûter. Quelle folie de s'être imaginé qu'elle pouvait être maîtresse de son avenir !

— Voilà, c'est ici, fit-elle en lui rendant sa veste.

A son grand dam, elle constata que sa douce chaleur et la subtile odeur épicée qui en émanait — son odeur *à lui* — lui manquèrent aussitôt.

Il lui prit la veste des mains en évitant visiblement de la toucher, comme si elle risquait de le contaminer !

— Au revoir. Merci de m'avoir raccompagnée.

Elle tourna les talons et ouvrit la porte mais Zahir lui emboîta le pas.

— Je vous reconduis jusqu'à votre appartement.

A quoi bon protester, ce serait peine perdue. Pourtant, il était hors de question qu'elle s'engouffre avec lui dans le minuscule ascenseur. Même si ses nouvelles chaussures la serraient horriblement, plutôt monter les cinq étages à pied que d'être coincée avec lui dans cet espace exigu.

Elle arriva sur son palier essoufflée et introduisit la clé dans la serrure avant de se retourner pour prendre congé.

— Tenez, dit-il en lui tendant une carte de visite. Appelez-moi si vous avez besoin de quoi que ce soit. Je ferai toutes les démarches nécessaires.

Inutile de lui répéter qu'elle s'en chargerait elle-même. Il était visiblement du genre à n'entendre que ce qu'il avait envie d'entendre. La carte n'indiquait rien d'autre qu'un numéro de téléphone portable et le nom d'un hôtel, inscrit au verso d'une écriture nerveuse. Elle la fourra dans son sac à main.

— Merci, murmura-t-elle, et bonne nuit.

— C'est toi, Soraya ? demanda la voix rauque de Lisle lorsqu'elle ouvrit la porte. On est dans la chambre, viens vite nous rejoindre !

Soraya referma brusquement la porte, non sans avoir eu le temps d'apercevoir l'air ébahi de Zahir. Son visage avait perdu de sa superbe et il se tenait sur le seuil, les bras ballants et la bouche ouverte. Elle s'appuya un instant contre le chambranle, s'attendant à l'entendre tambouriner avec autorité. Toutefois, malgré la présence qu'elle sentait derrière la porte, seul le silence fit écho aux battements de son cœur.

— Soraya ? Je suis avec Jul. Dépêche-toi !

— J'arrive, répondit-elle.

Si Julie était passée voir sa sœur jumelle après le départ de son petit ami, impossible d'échapper à un papotage entre filles. Soraya s'en serait bien passée, mais au moins cela l'empêcherait de penser que sa formidable aventure à Paris était terminée et qu'il lui fallait rentrer pour accomplir le devoir qu'on lui avait assigné à l'âge de quatorze ans. Un devoir qui lui avait toujours paru faire partie d'un futur lointain et avait semblé de moins en moins réel au fur et à mesure des années.

Figé de stupeur, Zahir restait cloué devant la porte, une main levée comme s'il voulait l'enfoncer. Etre sous le choc parce qu'une jeune femme avait été invitée à participer à une partie à trois par deux amoureux — ceux qu'il avait vus la veille — ne lui ressemblait guère. Il n'était pas né de la dernière pluie et il en fallait beaucoup pour l'étonner.

Mais cette femme était la promise de son meilleur ami…

C'était comme si on lui avait donné un coup dans le ventre. Une colère noire l'envahit. Malgré ce qu'il avait vu dans la soirée, il en était presque arrivé à se convaincre qu'il s'était trompé sur Soraya. Que la femme au regard voilé d'anxiété qui évoluait avec autant d'élégance et de grâce était spéciale. Quel imbécile !

Il se rendait compte à présent qu'aux yeux de Soraya, il avait joué les trouble-fête, d'abord en lui gâchant sa soirée dans le night-club, ensuite en lui annonçant qu'elle devait rentrer à Bakhara, où le moindre de ses faits et gestes serait surveillé. Et dire qu'en ce moment, elle devait être en train de faire valser sa robe moulante par-dessus sa tête pour se joindre à ses amis dans une petite partie de jambes en l'air !

Il en avait la nausée rien que d'y penser.

Il s'efforça de se calmer. Peut-être avait-il mal interprété ce qu'il avait vu et entendu ? Peut-être avait-il tort d'imaginer le pire ? Il donnerait n'importe quoi pour que ses soupçons ne soient pas justifiés !

Il soupira et se frotta les yeux, soudain terriblement fatigué. Comment annoncer à Hussein que celle qu'il comptait épouser n'était peut-être pas digne d'être sa femme ?

— Je suis désolé, madame. Je crains que la personne que vous demandez ne soit pas disponible.

— Pas dans sa chambre ou pas disponible ? demanda

Soraya tout en contenant la colère qui couvait en elle depuis des heures. Je dois absolument voir cette personne.

— Excusez-moi un instant, je vais vérifier, répondit le réceptionniste.

Restée seule, Soraya parcourut le hall du regard. Tout respirait le luxe, comme on pouvait s'y attendre dans l'un des plus grands hôtels de Paris, depuis le tapis rouge de l'entrée jusqu'au personnel d'une amabilité discrète, en passant par les meubles anciens d'un grand raffinement et les immenses lustres de Venise. Les clients, quelle que soit leur mise — vêtements haute couture, tailleurs et costumes sur mesure ou tenues décontractées —, avaient, de toute évidence, l'habitude d'évoluer dans l'opulence. Avec son jean de tous les jours, son T-shirt et sa veste ample, Soraya se sentait déplacée. Sa famille, une des plus anciennes de Bakhara, avait beau être à l'aise financièrement, jamais elle n'avait aspiré à ce genre de faste raffiné.

Il lui fallait voir Zahir à tout prix. Il avait été convenu qu'elle le contacterait après la journée qu'elle avait obtenue pour absorber le choc de la nouvelle. Alors, pourquoi était-il injoignable ? Au bout de deux heures à essayer de lui parler par téléphone, elle avait finalement dû quitter son travail pour venir ici en personne. Comme si elle n'avait rien de plus important à faire !

Le retour du réceptionniste mit fin à ses réflexions.

— Désolé de vous avoir fait attendre, madame. La personne que vous demandez a laissé des instructions formelles. On ne doit la déranger sous aucun prétexte.

Un accès de fureur la submergea. A quoi lui servait son numéro de téléphone s'il était indisponible pendant plusieurs heures ? L'image de la serveuse du café fascinée par sa virilité flagrante lui traversa l'esprit. Son indisponibilité était-elle à mettre sur le compte d'un rendez-vous galant ?

— Merci, répondit-elle d'une voix sèche. Dans ce cas, j'attendrai que *monsieur* soit disponible.

Zahir El Hashem allait voir de quel bois elle se chauffait ! Et s'il s'imaginait qu'elle allait se laisser dicter sa conduite, il se trompait lourdement. Le message qu'il lui avait apporté l'avait peut-être anéantie sur le moment, mais elle avait eu le temps de réagir et d'intégrer le fait qu'elle n'avait pas d'autre choix que de faire face à son destin. Il lui fallait à présent être forte pour affronter cette épreuve et, pour commencer, elle allait montrer à Zahir qu'elle n'était pas un vulgaire laquais à qui il pouvait donner des ordres à sa convenance. Que cela lui plaise ou non, elle était la future épouse de son émir.

Donc sa future reine.

D'un pas ferme, elle quitta la réception et traversa la pièce, indifférente maintenant à son faste raffiné, pour se laisser choir sur un canapé moelleux. Sortant ensuite son ordinateur de sa sacoche, elle l'alluma puis se plongea dans son rapport.

Absorbée par son travail, Soraya ne prêtait guère d'attention à ce qui se passait autour d'elle. Pourtant, sans qu'elle sache ce qui avait troublé sa concentration — un sixième sens ? —, elle leva la tête.

Un groupe d'hommes en costume sombre se tenait à l'autre bout du hall. Parmi eux, elle reconnut un important politicien français qu'elle avait vu à la télévision. Mais ce fut le plus grand d'entre eux qui arrêta son regard. Ce visage à la peau hâlée, ces traits à la fois virils et sensuels…

Il leva brusquement la tête et leurs yeux se rencontrèrent instantanément. Ce fut comme si une décharge électrique parcourait son corps ; exactement comme lorsqu'il l'avait dévisagée la veille. Hélas, cette fois, elle ne parvenait pas à détourner les yeux de Zahir El Hashem…

La veille, en jean et veste de cuir, il avait un look de mauvais garçon que nimbait une aura de danger. Aujourd'hui, dans son costume impeccable, rasé de frais, l'air affable, il semblait faire partie des grands de ce monde.

Qui donc était Zahir El Hashem ? Politicien ou gros dur ? Homme du monde ou voyou ? Et pourquoi le simple fait de croiser son regard déclenchait-il chez elle un tel tsunami émotionnel ?

Soraya baissa la tête, enregistra machinalement son document et referma l'ordinateur d'une main tremblante. Que lui arrivait-il ? Elle entreprit de se ressaisir. Le cœur qui s'emballait ? La respiration coupée ? L'estomac noué ? Elle manquait de sommeil et était stressée, voilà tout ! Pas étonnant, dans ces conditions, que son imagination s'emballe.

Ayant pris congé de ses partenaires, Zahir s'approcha d'elle.

— Que se passe-t-il ? Pourquoi êtes-vous ici ? demanda-t-il à voix basse.

— Pour vous voir, bien sûr, lança-t-elle en se levant d'un bond. Impossible de vous contacter autrement qu'en faisant le pied de grue ici !

Hormis l'inflexion légère d'un sourcil, son visage resta impassible.

— Venez, dit-il en l'invitant d'un geste de la main à le précéder.

Aussitôt, Soraya s'immobilisa comme si elle voulait s'ancrer plus fermement au sol. Elle n'avait nullement l'intention de le suivre docilement où que ce soit.

— Nous pouvons aussi bien parler ici.

Elle vit une brève lueur s'allumer dans ses yeux. Une lueur d'étonnement ou d'agacement, elle n'aurait su le dire.

— L'endroit est mal choisi pour une conversation, objecta-t-il. Le sujet est délicat et la personne que je représente…

— … comprendrait parfaitement que je préfère rester ici plutôt que de vous suivre dans votre chambre ! l'interrompit-elle vertement.

Il ne répondit rien, se contentant de la considérer d'un regard impossible à interpréter, qui semblait percevoir le moindre détail, depuis sa respiration trop rapide jusqu'à sa façon de serrer contre elle son ordinateur comme s'il s'était agi d'un bouclier.

— Bien sûr. C'est comme vous voulez, finit-il par dire.

Cependant, nous pouvons au moins aller dans un endroit où l'on ne risque pas de surprendre notre conversation.

Il avait raison. Soraya acquiesça sèchement d'un signe de tête et se laissa conduire.

Zahir ne comprenait pas la peur irraisonnée qui s'était emparée de lui en voyant Soraya dans cet hôtel, où il ne s'attendait certainement pas à la trouver. Une peur qui avait aussitôt déclenché un besoin immédiat, instinctif, de la protéger. Il était trop lucide pour se leurrer et mettre cette réaction sur le compte du devoir. Non, dès le début, elle avait fait naître en lui des instincts et des sentiments qui le décontenançaient. Pourtant, il ne l'appréciait pas, il n'approuvait pas sa conduite ; or, il avait beau s'en défendre, il se sentait lié à cette femme.

Une fois dans le petit salon où ils pourraient converser en toute tranquillité, Soraya s'installa sur un canapé garni de dorures ; il s'assit face à elle.

— Vous vouliez me voir ? commença-t-il, prudent.

— Pas vraiment, mais je n'ai guère eu le choix : vous ne répondiez pas au téléphone.

Ainsi, voilà ce qui expliquait sa mauvaise humeur ! Mais que s'imaginait-elle ? Qu'elle n'avait qu'à claquer des doigts pour qu'il apparaisse ? Elle avait gâché son plan, qui était de rentrer à Bakhara aujourd'hui même ; il avait donc mis à profit ce contretemps pour caser quelques rendez-vous. Et si elle s'attendait à des excuses pour n'être pas à son entière disposition, elle pouvait toujours courir !

— Comme vous avez pu le constater, j'avais à faire. En quoi puis-je vous être utile ?

— En tenant parole, répondit-elle en lui lançant un regard furieux.

Zahir se raidit.

— Là n'est pas la question.

— Ah bon ? Nous étions convenus que vous me donneriez la journée pour m'organiser et ma colocataire m'a appelée à 17 heures parce que des déménageurs étaient venus pour emballer mes affaires !

Elle s'était penchée vers lui et son parfum frais et léger, qui l'avait hanté toute la journée, emplit ses narines. Il s'enfonça dans son siège et inclina la tête.

— Nous étions convenus que vous auriez votre journée. Je vous avais également annoncé que je m'occuperais des formalités. Ce que j'ai fait. Vous avez eu la journée pour vous préparer.

Ses yeux lancèrent des éclairs de colère. Les femmes pouvaient être si prévisibles lorsqu'elles n'obtenaient pas ce qu'elles voulaient ! songea Zahir. Il attendit une explosion de rage, qui ne vint pas. Au lieu de quoi, elle se cala au fond du canapé.

— Vous avez une mauvaise opinion de moi, n'est-ce pas ? dit-elle d'un ton calme et mesuré. Est-ce pour cette raison que vous faites preuve d'un tel autoritarisme ?

Il fut désarçonné par sa franchise, une qualité tellement rare dans la sphère diplomatique où il évoluait. C'était le genre de tactique qu'il utilisait volontiers lui-même, quand d'autres préféraient contourner la vérité. Il ne s'était pas attendu à la voir employer par Soraya et ne put s'empêcher d'éprouver un sentiment d'admiration.

— Peu importe ce que je pense de vous, mademoiselle Karim. Mon rôle consiste uniquement à assurer votre retour à Bakhara dans les meilleures conditions.

— Ne me racontez pas d'histoires ! Vous êtes plus qu'un simple accompagnateur. Il suffit de voir les leaders avec qui vous aviez rendez-vous tout à l'heure. Vous essayez de m'expédier au plus vite pour pouvoir vaquer à vos occupations.

Zahir ne put retenir un petit sourire en coin. La demoiselle était futée ! De toute évidence, elle avait reconnu l'homme qui, selon les pronostics, allait devenir le prochain ministre français des Affaires étrangères.

— Qu'est-ce qui vous retient à Paris pour vouloir

retarder votre voyage ? l'interrogea-t-il. Qu'y a-t-il de plus important que votre futur mariage ?

— J'ai des choses à régler avant mon départ.

— Visiblement, vos amis comptent beaucoup pour vous, mais il ne faut sûrement pas plus d'une journée pour leur faire vos adieux, fit-il remarquer, sarcastique. Et puis, rien ne vous empêche de rester en contact...

— J'ai un *travail* à terminer, déclara-t-elle d'un ton sérieux.

A voir la mine incrédule avec laquelle Zahir accueillit cette explication, Soraya faillit éclater de rire. Nul doute qu'il la prenait pour une dilettante à qui les études servaient de prétexte pour passer des vacances à Paris.

— C'est l'été. Il n'y a pas de cours pendant les vacances, objecta-t-il, en reprenant une contenance impassible.

— Avez-vous entendu parler de l'université d'été ?

— Je rends hommage à votre zèle, dit-il d'un ton qui démentait ses paroles. Cependant, il doit y avoir d'autres solutions pour achever votre travail sans rester à Paris.

Soraya tiqua devant cette façon subtile de lui rappeler qu'il était temps de rentrer dans son pays pour épouser un quasi-étranger de trente ans son aîné. Rien que d'y penser, elle fut glacée jusqu'à la moelle.

Elle inspira un grand coup. Se laisser gagner par la panique n'arrangerait pas les choses. De toute façon, elle ne pouvait s'en prendre qu'à elle-même. Si elle n'avait pas fait l'autruche en présumant que le futur était nébuleux, elle n'en serait pas là.

Elle avait quatorze ans quand son père lui avait appris que l'émir Hussein avait jeté son dévolu sur elle, et que c'était un grand honneur pour leur famille. A cet âge-là, les fiançailles avaient quelque chose de féérique, comme dans les contes d'antan. Avec le temps, elles n'étaient plus qu'un lointain souvenir, devenu de moins en moins réel.

Voilà qu'à présent la réalité la rattrapait brusquement.

— Il ne s'agit pas seulement de mon travail, admit-elle.

J'avais prévu de rester ici plus longtemps et j'ai envie de profiter au maximum de mon séjour en France.

— Il me semble que c'est ce que vous faites, ironisa son séduisant interlocuteur.

— Par ailleurs, je ne veux pas rentrer directement à Bakhara, poursuivit-elle, ignorant la désapprobation qui avait percé sous la remarque de Zahir. Je n'ai pas mis les pieds en dehors de Paris et je tiens absolument à visiter le pays avant mon retour.

Elle voulait faire le plein de souvenirs, savourer ses derniers jours de liberté. Ce n'était pas trop demander. Une fois mariée, elle devrait se conformer à ce que son époux et ses sujets attendaient d'elle. Elle avait besoin d'un peu de temps pour se faire à l'idée de sa nouvelle vie.

— Ce n'est pas possible. L'émir vous attend.

— Si, ça l'est, rétorqua-t-elle en souriant. J'ai parlé à l'émir aujourd'hui et il pense que c'est une excellente idée de vouloir élargir mon horizon. J'ai jusqu'à la fin du mois.

Elle se félicita d'avoir eu le courage d'appeler le palais royal, mais quelle sensation étrange de parler à l'homme qui avait été pendant si longtemps un personnage lointain et serait bientôt son mari...

Zahir ne parvenait visiblement pas à cacher sa stupeur, ce dont elle se serait réjouie si elle avait voulu marquer des points contre cet homme qui semblait toujours sûr de lui. Mais elle avait autre chose à lui annoncer, et il y avait fort à parier qu'il n'allait pas particulièrement apprécier.

— La seule condition, reprit-elle en le regardant droit dans les yeux, c'est que vous devez m'accompagner.

4.

— Je sais que ce n'est pas ce que tu avais prévu, Zahir, mais ce voyage ne peut qu'être bénéfique, dit Hussein à l'autre bout du fil. Et Soraya s'est montrée très persuasive.

Zahir était furieux. Que Soraya ait su s'y prendre ne faisait pas l'ombre d'un doute. Avec sa voix douce et sensuelle, elle n'avait pas dû avoir beaucoup de mal à convaincre l'émir.

— Mais une semaine, c'est largement suffisant, non ? protesta-t-il. Plus vite elle rentrera et mieux ce sera, il me semble.

— Sa vie au palais lorsqu'elle sera mon épouse va changer du tout au tout. Elle devra rencontrer des personnalités, participer aux cérémonies officielles, sans compter le rôle qu'elle aura à jouer auprès de nos sujets. Lui donner l'occasion de rencontrer toutes sortes de gens ne peut qu'être un avantage.

Hussein marqua une pause.

— C'est une des raisons pour lesquelles j'étais favorable à ce qu'elle parte étudier à Paris, reprit-il. Elle a besoin d'élargir son horizon.

Zahir écoutait, perplexe. Il était contrarié de devoir différer son retour, mais ce n'était pas ce qui le tracassait le plus. Non, le problème, c'était son sentiment que Soraya n'était pas digne d'épouser son mentor. Il se passa une main dans les cheveux, ne sachant trop quelle décision prendre. Devait-il lui faire part de ses doutes ? Et si oui, comment s'y prendre pour lui ôter ses illusions ? Il ferait n'importe quoi pour lui épargner de la souffrance. Hussein était plus qu'un père pour lui. Ami, mentor, il lui avait manifesté de l'attention, de la considération et même de l'amour, l'élevant comme son propre fils. Zahir lui devait tout : sa place dans le monde, son éducation, son estime de soi — et même sa vie.

— Hussein, je…, commença-t-il, le ventre noué.

— Je sais que tu es déçu, Zahir, et que tu as hâte de prendre le poste de gouverneur provincial.

— Vous me connaissez trop bien.

— Quoi de plus normal, dit Hussein avec un petit rire, tu es le fils que je n'ai jamais eu.

Il avait touché une corde sensible et Zahir resta un moment sans voix, trop ému pour pouvoir parler. Malgré les liens qui les unissaient, les deux hommes n'avaient pas l'habitude d'extérioriser leurs sentiments — à Bakhara, le domaine des émotions était réservé aux femmes.

— On croirait entendre parler un vieillard, pas un homme dans la cinquantaine ! s'insurgea-t-il. Vous avez tout votre temps pour avoir un fils, fonder une famille.

Surtout avec une épouse jeune et sexy comme Soraya…

Malgré lui, Zahir ne put s'empêcher d'imaginer Hussein serrant la jeune femme dans ses bras, faisant glisser ses mains sur les courbes de ses hanches, le léger tissu de sa robe mettant en valeur la féminité de son corps parfait. Il eut l'impression d'étouffer et se mit à arpenter sa suite, en proie à une nausée soudaine. Il en avait assez d'être enfermé. L'air pur du désert et l'immensité du ciel constellé d'étoiles lui manquaient terriblement. Et l'aideraient à chasser Soraya de son esprit…

— Ma foi, le temps nous le dira, se contenta de répondre Hussein. Mais pour le poste de gouverneur…

— C'est sans importance, assura Zahir.

— Au contraire. Tu seras le meilleur gouverneur de tous les temps.

Un long silence se fit entre eux. Hussein devait lui aussi se rappeler la longue période où la plus grande province de Bakhara était dirigée par un chef tribal implacable, décadent et sans scrupule. Un homme qui, des années plus tôt, avait tenté d'accroître son pouvoir en fomentant un coup d'Etat pour renverser Hussein. Un homme qui n'était autre que le propre père de Zahir.

Se souvenir que son père biologique — que pour rien au monde il n'aurait considéré comme son *vrai* père — était un traître le rendait malade.

— Votre confiance en moi compte plus que tout, dit Zahir.

Il n'avait pourtant pas l'habitude d'exprimer par des paroles sa dévotion à l'homme qui l'avait soustrait, à l'âge de quatre ans, à l'influence néfaste de son père pour le recueillir dans son palais.

— Et la tienne est très importante pour moi, dit Hussein d'une voix chaleureuse. Quant au poste de gouverneur, il t'attendra. Je crois que ma future épouse n'est pas la seule personne à avoir besoin d'une pause. Tu en as beaucoup fait ces derniers temps. Détends-toi et qui sait ? il se pourrait même que tu découvres que les vacances, ce n'est pas si mal.

Des vacances… Voilà bien la dernière chose dont il avait envie ! Ce qu'il lui fallait, c'étaient des responsabilités, des défis, de la pression. La perspective de sa nouvelle fonction le galvanisait à un point inimaginable. Il allait enfin pouvoir se tailler un rôle de premier plan. Mais pour l'heure, il se sentait investi d'une mission délicate : ouvrir les yeux de l'émir.

— Devoir différer ma prise de fonction n'est pas ce qui me préoccupe le plus, commença-t-il, gêné.

— Continue.

Cela n'allait pas être facile… Zahir respira un grand coup.

— Votre fiancée. Elle n'est pas telle que je l'imaginais.

Un silence accueillit ses paroles. Il savait que son opinion comptait beaucoup pour Hussein mais cette fois-ci, il ne s'agissait pas de difficultés d'ordre politique.

— Je vois, dit finalement son souverain.

Zahir secoua la tête. Non, Hussein ne voyait pas. Il avait laissé Soraya sans surveillance à Paris, persuadé qu'elle était digne de sa confiance.

— Je ne suis pas sûr qu'elle soit… la femme que vous croyez.

— Elle t'a pris au dépourvu, c'est ça ? fit Hussein avec un petit rire.

— On peut dire ça comme ça, répondit-il en serrant le poing, incapable de dissimuler la vérité plus longtemps. En fait, je crains qu'elle ne soit pas l'épouse qu'il vous faut.

Voilà, c'était dit. Pourtant, il aurait donné n'importe quoi pour ne pas avoir à faire cette révélation. Hussein méritait bien mieux qu'une noceuse qui accordait ses faveurs au premier venu et partageait son lit avec un autre couple.

— Ton inquiétude te fait honneur, Zahir, mais je connais mieux Soraya que tu ne le penses. Je sais qu'elle est exactement la femme dont j'ai besoin. Nous en parlerons à ton retour. En attendant, sache que je crois en elle de la même façon que je crois en toi.

Le débat était clos. Il n'avait plus qu'à s'incliner…

— Que faites-vous ici ? s'écria Soraya, étonnée, en ouvrant sa porte.

Elle se retrouvait nez à nez avec Zahir, appuyé avec nonchalance contre le chambranle alors qu'elle était censée le retrouver en bas dix minutes plus tard.

Il était si près qu'elle reconnut l'odeur épicée de sa peau ; aussitôt, le trouble qu'elle avait ressenti lorsqu'il l'avait tenue dans ses bras lui revint à la mémoire.

— Bonjour, Soraya. Quel plaisir de vous voir en forme !

— Comment êtes-vous entré dans l'immeuble ?

Zahir se contenta de hausser les épaules et elle ne put s'empêcher de suivre leur mouvement sous la chemise impeccablement repassée. Il était fraîchement rasé et tout chez lui respirait l'élégance décontractée et le luxe.

— Une locataire m'a ouvert lorsqu'elle m'a vu en train d'attendre, répondit-il avec un sourire radieux qui lui fit chavirer le cœur.

Mais qu'avait-il de si spécial pour la mettre dans cet état ? Elle devait absolument se ressaisir, tout faire pour rester insensible à son charme.

— Je m'attendais à vous retrouver à la voiture, déclara-t-elle en se raidissant.

— Et j'ai pensé que vous apprécieriez que je vous aide à descendre vos bagages.

— Merci, c'est très aimable à vous, fit-elle en s'effaçant pour le laisser entrer.

— Pas de fête de départ ? s'étonna-t-il après un coup d'œil dans le salon bien rangé et le couloir vide.

— Non.

Elle avait déjà fait ses adieux. Dire au revoir à Lisle avait été particulièrement difficile. Malgré leurs différences, elles avaient noué des liens qui dépassaient le cadre de la simple amitié. Lisle était la sœur qu'elle n'avait jamais eue. Expansive alors que Soraya était réservée, excentrique, drôle, chaleureuse et impulsive, elle lui avait apporté une fantaisie qu'elle n'avait jamais connue. Elle était entrée dans la vie de Soraya comme un tourbillon, lui laissant entrevoir tout ce que le monde pouvait offrir à une femme qui a la vie devant elle. Sauf qu'à présent, toutes ces possibilités étaient réduites à néant. Son futur était tout tracé, et ce depuis ses quatorze ans...

— Soraya ?

Elle cligna des yeux. La voix de Zahir venait brusquement de la rappeler à la réalité.

— Voilà, fit-elle en montrant sa valise.

— C'est tout ? demanda-t-il en jetant un regard circulaire.

— C'est tout. Vos déménageurs ont été très efficaces. Mes livres et un grand nombre de mes affaires sont déjà en route pour Bakhara.

A la perspective de l'avenir qui l'attendait, sa voix s'était étranglée. Pourtant, l'homme qu'elle avait accepté d'épouser était un homme honnête, généreux et honorable, qui avait, paraît-il, été un mari dévoué à sa défunte épouse. Peu de femmes pouvaient en dire autant de leur mari. Après tout, dans la mesure où elle ne cherchait pas l'amour — elle connaissait trop les ravages qu'il pouvait opérer —, autant faire contre mauvaise fortune bon cœur. Et puisqu'elle devait renoncer à ses rêves, elle mettrait son énergie au service des objectifs qu'elle s'était alors fixés lorsqu'elle n'était qu'une adolescente idéaliste : être une souveraine au service de son peuple et une bonne épouse.

Mais pour l'instant, il lui fallait quitter cet appartement où elle avait été si heureuse. Elle alla une dernière fois dans sa chambre pour y prendre sa sacoche d'ordinateur. Débarrassée de ses affaires personnelles, la pièce ressemblait à une coquille vide, et c'est avec un pincement de cœur qu'elle referma la porte derrière elle. Allons, l'heure n'était pas au sentimentalisme ! se morigéna-t-elle. Et ressasser le passé ne servait à rien — enfant, elle l'avait appris à ses dépens.

— Je suis prête, annonça-t-elle en rejoignant Zahir.

L'hélicoptère dans lequel Soraya et lui avaient pris place survolait actuellement la Loire, qui serpentait au-dessous d'eux comme un ruban d'étain étincelant. Mais Zahir ne prêtait guère attention à la vue, pourtant spectaculaire, avec son patchwork de fermes et ses châteaux éparpillés le long des berges.

Non, c'était la femme assise près de lui qui occupait ses pensées et focalisait son regard.

Tendue dès le moment où il s'était présenté à sa porte, elle avait adopté une attitude froide et distante lorsqu'il l'avait informée qu'ils ne voyageraient pas par la route comme elle l'avait planifié. Elle semblait persuadée que ce changement de programme était une façon d'indiquer que c'était à lui, et à lui seul, que revenait la direction des opérations. Comme s'il avait besoin de prouver son autorité ! Tout ce qu'il voulait en réalité, c'était éviter de se retrouver seul avec Soraya durant le long trajet qu'impliquait un voyage en voiture. Une éventualité qui le mettait mal à l'aise, sans qu'il puisse en identifier la raison — qui ne se limitait pas à ses doutes sur la probité et la fidélité de Soraya.

Au bout d'un moment, il remarqua qu'elle paraissait plus détendue. Elle s'adressait à présent au pilote, lui posant tout un tas de questions auxquelles il répondait de bonne grâce.

— Le voyage vous plaît ? demanda Zahir, mû par le désir de briser cette complicité naissante, même s'il refusait de se l'avouer.

— Enormément. J'adore découvrir le paysage depuis le ciel. C'est fabuleux.

— Tant mieux.

— Merci d'avoir organisé ce circuit, dit-elle avec un visage rayonnant de plaisir qui le bouleversa.

Zahir prit alors conscience qu'il l'avait vue en colère, méfiante, épuisée, furieuse et terriblement glaciale mais jamais, jusqu'à présent, il ne l'avait vue heureuse.

Il aurait peut-être mieux valu qu'ils fassent le voyage en voiture, après tout...

— Vous étiez déjà montée en hélicoptère ? enchaîna-t-il pour échapper à l'impact de ce sourire dévastateur.

— Non, c'est la première fois. C'est vraiment super ! J'adore la sensation quand l'appareil descend puis remonte brusquement.

A ce moment-là, le pilote inclina l'hélicoptère pour décrire un cercle autour d'une falaise surmontée d'une tour à moitié en ruine, puis le redressa.

— Génial ! Merci, Marc ! s'écria Soraya.

Zahir eut un bref coup au cœur. Comme si l'entente entre ces deux-là le contrariait. C'était absurde...

— Finalement, je crois que j'aime bien voyager dans les airs, ajouta-t-elle.

— Parce que avant, ça ne vous plaisait pas ?

— Mon premier vol, c'était pour aller de Bakhara à Paris : je n'ai pas beaucoup de points de comparaison.

Il n'en croyait pas ses oreilles. Dire qu'il s'était imaginé une jeune femme menant une vie festive et fastueuse dans les endroits les plus en vue de la planète !

— Avant, je n'étais encore jamais sortie de Bakhara, ajouta-t-elle.

Pas étonnant alors qu'Hussein ait été favorable à ce qu'elle aille étudier à l'étranger, à ce qu'elle élargisse son univers. Car Bakhara n'était plus un état féodal, et l'épouse de son dirigeant devrait assurer son rôle de représentation avec classe, élégance et un minimum d'ouverture sur le monde. Dommage que cet élargissement de son horizon ne se soit pas fait sous surveillance, songea Zahir, incapable d'oublier la voix rauque invitant Soraya à se joindre à une partie fine, l'autre matin, ou le regard lubrique du jeune dragueur de la boîte de nuit. Pour initier Soraya aux plaisirs les plus luxurieux de la vie, les bonnes volontés n'avaient pas dû manquer…

Il grimaça. A quoi Hussein pensait-il en la laissant partir à Paris sans chaperon ? Sans personne pour la guider et la protéger, avait-elle été une proie facile ? Hum… Zahir en doutait. Soraya Karim n'était pas femme à s'en laisser conter. Sous des dehors attrayants se cachait une volonté de fer — il suffisait de voir comment elle était arrivée à ses fins pour différer son retour à Bakhara. Donc tout ce qu'elle avait fait, elle l'avait fait en connaissance de cause. Cette déduction accentua son malaise. Pourvu que lui, au moins, ne se laisse pas prendre à ses numéros de charme.

L'hélicoptère avait amorcé une descente et Soraya aperçut le château au-dessous d'eux. D'un gris pâle, presque blanc dans la lumière aveuglante, il était flanqué d'une multitude de tours coiffées de toits coniques recouverts d'ardoise. Les fenêtres à meneaux étaient larges et réfléchissaient le scintillement du soleil sur l'eau des douves qui l'entouraient. La forêt tout autour lui faisait un écrin de verdure.

Un pont en arc menait à de vastes pelouses et à des jardins d'ornement. Un vrai château de contes de fées.

C'était tellement beau, tellement différent de tout ce qu'elle avait vu à Paris ou dans son pays ! L'endroit rêvé pour que le prince charmant vienne l'enlever sur son cheval blanc. Sauf qu'elle ne l'attendait pas… L'amour, très peu pour elle. Elle avait trop souffert des conséquences destructrices du désastreux mariage de ses parents.

De plus, elle allait bientôt avoir un prince dans sa vie, et c'était plus que suffisant.

De nouveau, elle frissonna à cette pensée, glacée jusqu'à la moelle, et entoura son buste de ses bras. Rien ne pouvait lui faire oublier que, dans quelques semaines à peine, elle serait à la Cour, en train de préparer son mariage.

Le plus dur, c'était de renoncer à ses rêves. Elle ne demandait pourtant pas la lune, juste la possibilité de faire ses propres choix. D'exercer le métier qu'elle aimait et de vivre sa vie.

Au lieu de cela, elle allait se donner à un étranger…

Ce ne fut que lorsque le bruit sourd du rotor s'arrêta que Soraya se rendit compte qu'ils avaient atterri. Elle constata qu'ils se trouvaient entre la forêt et le fleuve. Devant eux s'élevait le magnifique château qu'elle avait admiré depuis les airs.

Hélas, la perspective de la vie qui l'attendait avait terni son enthousiasme, l'empêchant d'apprécier l'architecture complexe du bâtiment, avec ses façades symétriques et ses enjolivures élégantes. Aussitôt, elle s'en voulut de bouder son plaisir et de gâcher le présent en s'appesantissant sur ce qu'elle ne pouvait changer. Furieuse contre elle-même, elle tenta maladroitement de défaire sa ceinture de sécurité.

— Laissez-moi vous aider.

Au contact des doigts de Zahir, elle se raidit instantanément. Comment expliquer ce trouble qui l'envahissait chaque fois qu'il la frôlait?

— Merci, fit-elle tout en s'extrayant de son siège.

Une fois à terre, elle remercia Marc et suivit son mystérieux chaperon.

— Vous verrez, cet hôtel est fabuleux, déclara-t-il tandis qu'ils s'engageaient dans l'allée gravillonnée. On peut y pratiquer tout un tas de sports, et le restaurant possède trois étoiles au guide Michelin. Leur Spa est réputé et vous y avez une réservation dans quarante minutes.

— Nous passons la nuit dans ce château? s'exclama-t-elle, ébahie, persuadée qu'ils s'étaient arrêtés là pour la vue.

— Vous y voyez un inconvénient? demanda-t-il en lui lançant un regard oblique, sans ralentir le pas.

— Non, pas du tout.

Elle n'était pas habituée à un tel luxe et cela la mettait mal à l'aise. Néanmoins, il allait bien falloir qu'elle s'y fasse: l'émir de Bakhara était l'un des hommes les plus riches du monde.

— Je suis sûre que ce sera... très agréable, ajouta-t-elle.

Zahir s'arrêta.

— Si cela pose un problème, déclara-t-il d'un ton cinglant, autant me le dire tout de suite plutôt que de déranger plus tard l'émir Hussein avec vos récriminations.

Ces paroles lui firent l'effet d'une gifle. Pour qui se prenait-il? Depuis qu'ils avaient quitté Paris, il n'avait cessé d'exprimer, plus ou moins ouvertement, de la désapprobation à son égard. Elle commençait vraiment à en avoir assez.

— L'émir est mon futur mari. Je l'appellerai si ça me chante, affirma-t-elle en prenant un air dédaigneux.

Sur ces mots, elle fit mine de poursuivre son chemin. Zahir s'était déjà mis en travers de l'allée pour lui barrer le passage.

— Sachez une chose, fit-il en la regardant droit dans les yeux, sur un ton menaçant qui la fit frémir. Trahissez-le, et c'est à moi que vous aurez affaire.

Soraya en resta stupéfaite. Envolés, le sang-froid, le détachement glacial : Zahir n'était que passion et fureur. Pour la première fois, elle le voyait tel qu'il était, débarrassé de son vernis policé d'homme qui cache ses sentiments derrière une façade impénétrable. Ainsi, en dépit de son flegme et de sa réputation de diplomate, Zahir El Hashem était un homme au tempérament volcanique. Il aimait manifestement l'émir Hussein, un attachement qui semblait dépasser le cadre professionnel.

— Votre dévouement vous fait honneur, dit-elle en soutenant son regard. Mais votre jugement est sérieusement défectueux si vous pensez que j'ai l'intention de le trahir.

Voilà, elle avait mis les points sur les i. Elle n'était pas du genre à rompre une promesse, même faite à sa place alors qu'elle était si jeune. Son histoire lui avait fait comprendre la valeur de l'honneur. Et la force destructrice de la trahison. De plus, elle ne pouvait décevoir son père, pour qui cette union était une bénédiction et une joie immense. Pas plus qu'elle ne pouvait décevoir l'émir, l'homme à qui elle devait tant !

Quoi qu'elle en pense, son destin était scellé.

— Et maintenant, continua-t-elle d'un ton las, laissez-moi passer. Je voudrais aller dans ma chambre.

5.

Zahir ne regrettait pas son impulsion. Il avait eu raison d'avertir Soraya ce matin, de la prévenir qu'il l'avait à l'œil.

Pourtant, à présent, quelque chose le tracassait. Mais quoi ?

Perplexe, il descendit au rez-de-chaussée et se dirigea vers le Spa. Dès qu'il en ouvrit la porte, des odeurs de parfum, d'orchidée et d'huiles essentielles l'assaillirent.

— Puis-je vous aider, monsieur ? lui demanda une jolie rousse à la réception.

— Oui. Je cherche Mlle Karim.

— Karim ? répéta-t-elle en consultant son ordinateur. La réservation a été annulée.

— Annulée ?

— En effet. Mlle Karim a appelé. Elle avait changé d'avis et…

Zahir n'écouta même pas la fin de la phrase. Quinze minutes plus tard, il était sur la route. Quel idiot de l'avoir laissée filer ! Il avait été rassuré de constater que les bagages de Soraya — y compris son précieux ordinateur portable — étaient toujours dans sa suite. Si seulement il avait pris la peine de vérifier qu'elle allait bien honorer sa réservation au Spa…

Il n'avait eu qu'une chose en tête en l'inscrivant à tous les soins possibles dispensés par le lieu : mettre de la distance entre elle et lui. Parce qu'il fallait impérativement endiguer cette attirance qu'il éprouvait pour la femme qui allait, à tort ou à raison, épouser Hussein. Quelle ironie du sort! Pourquoi elle? Ce n'étaient pas les femmes qui manquaient depuis qu'il était *quelqu'un*. Ce qui n'avait pas toujours été le cas, songea-t-il avec amertume en pensant à celle dont il avait été éperdument amoureux dans sa jeunesse. Sans situation à l'époque, il avait dû renoncer, la mort dans l'âme, à cet amour impossible. Il avait survécu, bien sûr, mais son cœur s'était fermé.

Jusqu'à sa rencontre avec Soraya Karim…

Qu'il lui fallait maintenant retrouver. Tout ce qu'il savait, c'était qu'elle avait loué une voiture et demandé au concierge de lui marquer sur une carte les endroits qu'elle souhaitait visiter : deux ou trois châteaux, une vieille maison et une centrale éclectique. Ce dernier lieu devait être une erreur et Zahir le raya mentalement de la liste.

Il était déjà tard lorsqu'il la localisa.

Ce fut sa voix qu'il entendit tout d'abord. S'arrêtant brusquement au pied de l'escalier de pierre de la vieille maison, il tourna la tête et la vit, de dos.

Elle était en grande conversation avec un homme et le soulagement qu'il avait ressenti dans un premier temps fit bientôt place à la colère. Dire qu'il s'était inquiété pour elle… Mais bien vite, il se rendit compte qu'il ne s'agissait pas d'un rendez-vous amoureux. L'homme avait le dos voûté et des cheveux gris. Près de lui se tenait une sexagénaire mince et souriante qui les écoutait parler.

Zahir tendit légèrement le cou pour voir ce qu'ils regardaient et, à son grand étonnement, il s'aperçut que le sous-sol de la vieille maison était rempli de modèles réduits d'engins plus ou moins familiers : une sorte d'aéronef à hélice qui ressemblait à un ancêtre de l'hélicoptère, un pont basculant, une roue à eau actionnée par une vis immense. En quoi cela pouvait-il intéresser Soraya ? Décidément, il y avait quelque chose qu'il ne saisissait pas.

— Bon, nous ne voulons pas vous retenir plus longtemps, dit le vieil homme en prenant congé de Soraya. Merci pour votre disponibilité. J'ai beaucoup apprécié notre petite conversation.

Il n'avait pas plus tôt terminé sa phrase qu'il leva les yeux d'un air étonné. Soraya suivit le regard de son interlocuteur, se retourna lentement, et son regard rencontra celui de Zahir. Eblouie par l'éclat de ses yeux vert émeraude, elle ne put empêcher une onde de chaleur refluer dans son bas-ventre.

— Hello, Soraya ! Pas facile de vous suivre à la trace.

— Il ne fallait pas vous donner ce mal. Je suis parfaitement capable de me débrouiller toute seule, rétorqua-t-elle, furieuse de voir sa journée de liberté tourner court.

Cela préfigurait-il la vie qui l'attendait à Bakhara : sous surveillance constante, sans pouvoir disposer de son temps ?

— C'est ce que je constate, reconnut Zahir.

Dans son regard, elle lut non pas de la désapprobation, comme elle s'y attendait, mais de la curiosité. D'un geste, il l'invita à passer au jardin et elle le précéda à contrecœur. Elle pouvait dire adieu à son programme de l'après-midi, à présent. Choisissant une table à l'ombre, Soraya s'assit à la petite terrasse du salon de thé et s'abrita derrière ses lunettes de soleil pour se protéger du regard inquisiteur de Zahir.

Ce dernier resta silencieux, sauf pour commander du café et de l'eau avec des glaçons. Puis, se calant dans son fauteuil, un bras nonchalamment posé sur le dossier, il l'observa.

Mal à l'aise, Soraya vit arriver leurs boissons avec soulagement. Il y avait fort à parier qu'elle allait avoir droit à une réprimande en bonne et due forme pour être partie sans l'avoir prévenu. Elle se raidit, prête à subir les remontrances de son garde-chiourme.

— Parlez-moi de vous, dit-il finalement.

C'était bien la dernière chose qu'elle s'était attendue à entendre. De saisissement, elle manqua renverser le verre qu'elle tenait à la main.

— Pourquoi ? interrogea-t-elle d'un ton aigre. Je ne suis que le colis que vous devez rapporter à Bakhara, au cas où vous l'auriez oublié.

Il secoua la tête sans la quitter des yeux, avec une telle intensité qu'elle s'en trouva hypnotisée. Jamais un homme ne lui avait fait un tel effet…

— Vous êtes bien plus que ça et vous le savez bien, Soraya.

— Je croyais que vous étiez là pour me ramener en vitesse à l'hôtel, dit-elle, tout en se demandant où il voulait en venir.

Zahir ne répondit pas.

— Pourquoi êtes-vous ici, alors ? demanda-t-elle, de plus en plus intriguée.

— Hussein vous a confiée à moi. Vous êtes sous ma responsabilité jusqu'à votre retour à Bakhara et…

— Je suis une grande fille ! Je n'ai pas besoin d'être sous surveillance, s'indigna-t-elle.

— C'est possible, mais je me suis inquiété quand j'ai découvert que vous étiez partie. Vous sachant seule, dans un endroit inconnu, alors que vous m'aviez vous-même confié n'avoir jamais voyagé, je devais m'assurer qu'il ne vous était rien arrivé.

Soraya perçut un accent de sincérité dans sa voix et sa colère se dissipa brusquement. Zahir faisait son travail, après tout, et si elle avait l'impression d'avoir un geôlier sur le dos, il n'y était pour rien. Par ailleurs, elle ne discernait aucun signe de désapprobation, ni dans sa voix ni sur son visage.

— Pourquoi êtes-vous venue *ici* ? demanda-t-il.

— A vous entendre, on croirait qu'Amboise est un choix surprenant. C'est une vieille ville pittoresque avec un château, des habitations troglodytes…

— Pas la ville. *Ici*, fit-il en désignant la vieille maison et ses jardins. L'endroit est agréable, mais il n'a rien à voir avec l'opulence des châteaux royaux.

— Et, bien sûr, c'est l'opulence qui devrait m'intéresser.

Que s'imaginait-il ? Que c'était pour vivre dans l'*opulence* qu'elle allait épouser l'émir ?

— Justement, dit-il en se penchant vers elle, je ne sais pas ce qui vous intéresse. A part les chaussures qui rendent une femme sexy.

Elle rougit jusqu'à la racine des cheveux et son cœur accéléra ses battements. Tout ça parce qu'il trouvait que ses chaussures la rendaient sexy… Ce n'étaient pourtant que de simples espadrilles, même si leurs semelles étaient compensées et leurs rubans écarlates.

— Le manoir du Clos-Lucé est la demeure où Léonard de Vinci a passé les dernières années de sa vie, expliqua-t-elle non sans avoir avalé une gorgée d'eau pour calmer le feu qui courait dans ses veines.

— Je croyais qu'il était italien.

— Certes, mais le roi de France, qui l'avait fait venir d'Italie, lui avait offert ce manoir. Il dormait dans cette chambre, ajouta-t-elle en indiquant la fenêtre au-dessus d'eux.

— Ainsi, vous êtes une inconditionnelle de cet artiste ?

Elle haussa les épaules.

— Je n'ai jamais vu *La Joconde* à Paris. J'avais d'autres préoccupations.

L'étonnement se peignit sur le visage de Zahir.

— D'après Hussein, vous étiez à Paris pour étudier l'histoire de l'art.

— En effet, répondit-elle en levant le menton, sur la défensive.

Zahir ne broncha pas, mais son silence indiquait clairement qu'il attendait des précisions. A quoi bon tergiverser ?

— Ce n'était pas mon idée, mais celle de mon père. Il pensait que la connaissance des arts me serait utile étant donné le futur qui m'attendait.

Etudier l'histoire de l'art lui semblait plus distingué, plus approprié pour une femme, et il n'avait jamais compris son attirance pour les sciences. Cela ne l'avait pas empêché d'être son meilleur allié contre les traditionalistes, qui voyaient d'un mauvais œil son manque d'intérêt pour les tâches féminines — indice possible selon eux qu'elle tienne de sa mère si scandaleuse.

— Soraya ?

Elle sursauta au son de la voix de Zahir ; l'image de son père s'estompa aussitôt.

— Vous n'avez pas aimé les cours ? poursuivit-il.

— Si, si. Ce n'est pas ce que j'aurais choisi, mais c'était intéressant. Vous savez, Léonard de Vinci ne s'est pas contenté d'être un peintre et un sculpteur exceptionnel, c'était aussi un homme de science. Vous avez vu les modèles réduits de ses inventions ?

Elle avait adoré la visite de la salle des maquettes, surtout après sa rencontre avec deux inventeurs amateurs désireux de discuter avec elle.

— Je les ai vus, répondit Zahir, d'un ton qui laissait comprendre que les inventions de l'artiste le laissaient plutôt indifférent. C'est ça qui vous intéresse ? La science ?

— J'espère que vous ne m'avez pas cataloguée parce que je suis une femme ! s'emporta-t-elle. Les femmes ne s'intéressent pas toutes aux mêmes choses.

— Je ne demande qu'à apprendre.

« Que s'imagine-t-il ? se demanda Soraya devant l'air perplexe de son compagnon. Que toutes les femmes ne pensent qu'au luxe et que c'est aux hommes de prendre les décisions ? » Pas étonnant dans ce cas qu'ils aient été à couteaux tirés depuis leur rencontre !

— Si l'histoire de l'art ne vous intéressait pas outre mesure, pourquoi teniez-vous tant à finir vos études avant de partir ? reprit-il.

Elle le dévisagea attentivement.

— Vous, vous ne lâchez pas prise facilement, déclara-t-elle.

— Je pourrais en dire autant de vous. Allez-vous me raconter ce que vous faisiez, ou est-ce un secret ?

— Je n'ai rien à cacher. Je n'ai pas fait que suivre des cours.

Il ne dit rien ; il reposa simplement sa tasse et attendit, comme s'il avait tout le temps devant lui et rien de plus important à faire.

— En fait, j'avais un job en plus de mes études, avoua-t-elle.

— Vous avez… *travaillé* ?

A voir son air éberlué, elle partit d'un grand éclat de rire. Ce fut plus fort qu'elle.

— Est-ce si difficile à croire ? Non, ne répondez pas, ajouta-t-elle en levant une main. Je devine : vous étiez persuadé que je faisais semblant d'étudier alors qu'en fait, ma spécialité était de courir les magasins.

Sa mine confuse lui confirma qu'elle avait vu juste, ce qui l'amusa et l'agaça à la fois.

— Cela dit, j'adore le shopping. Paris est l'endroit rêvé pour ça.

Elle regarda ses chaussures, puis releva la tête.

— A moi de vous poser une question, annonça-t-elle d'une voix résolue. Ce soir-là, dans le club, pourquoi m'avez-vous dévisagée avec autant d'insistance ?

— J'évaluais la situation. Je suppose que vous n'auriez pas apprécié que j'interrompe votre soirée.

Elle pencha la tête en fronçant les sourcils avec une moue dubitative. Attiré irrésistiblement par ses lèvres pulpeuses, Zahir se força à détourner le regard.

— Non, c'est faux, dit Soraya en secouant la tête. Vous n'avez eu aucun scrupule à interrompre ma soirée. Vous attendiez juste le bon moment pour passer à l'action, voilà tout.

Zahir faillit éclater de rire. S'il avait décidé de passer à l'action, la soirée se serait terminée très différemment. En repensant au désir qu'elle avait éveillé en lui ce soir-là, il sentit sa virilité réagir aussitôt ; il serra si fort sa tasse de café qu'il manqua en briser l'anse.

— Alors ? demanda-t-elle en fixant sur lui ses yeux sombres. Pourquoi m'avez-vous regardée de la sorte ?

Dieu, qu'elle était tenace ! Et naïve, pour poser ce genre de question. L'était-elle plus qu'il ne l'avait imaginé ? Cette éventualité le laissa désorienté. A moins qu'il ne s'agisse de la tactique d'une femme consciente de son pouvoir de séduction et qui tentait de jouer avec lui ? Le ressentiment l'envahit. Il n'était pas un pion qu'on pouvait déplacer à sa guise.

— J'ai supposé que vous n'aimeriez pas particulièrement que je vienne à votre table pour exposer devant tout le monde ce que j'avais à dire.

A en juger par le front plissé de Soraya, il n'avait guère été convaincant.

— Mais vous êtes resté assis pendant des lustres ! objecta-t-elle.

Que pouvait-il lui répondre ? Que l'attraction que la future épouse d'Hussein avait instantanément exercée sur lui l'avait cloué dans son fauteuil une partie de la soirée ?

Bon sang ! Pourquoi diable le souverain n'avait-il pas choisi quelqu'un d'autre pour ramener sa fiancée dans son pays ? Il connaissait la réponse : parce qu'il était la personne en qui Hussein avait le plus confiance. Un sentiment de honte l'envahit. D'un geste brusque, il repoussa sa chaise et se leva.

— Vous vouliez voir le parc ? demanda-t-il.

— Vous n'êtes pas obligé de rester. Je vous retrouverai à l'hôtel.

Du coin de l'œil, il la vit bondir sur ses pieds. Etait-ce la perspective de continuer la visite du domaine ou l'occasion d'échapper à sa surveillance qui lui donnait des ailes ? Lui qui d'habitude était si sûr de son instinct infaillible ne savait pas trop à quoi s'en tenir avec cette fantasque et attirante jeune femme.

— Je n'ai rien d'urgent à faire, dit-il.

58

Il glissa un billet sous sa tasse et, du regard, l'invita à passer devant lui.

— Je suis curieux de voir le reste du domaine, ajouta-t-il en notant sa mine consternée.

Surtout si cela lui permettait de connaître la véritable Soraya.

6.

Soraya n'avait pas d'autre choix que de poursuivre la visite en compagnie de Zahir. Pourtant, elle avait beau se persuader qu'elle était contrariée de voir ses plans prendre une nouvelle tournure, la déception n'expliquait pas ce nœud au ventre, ni cette sensation de chaleur entre ses omoplates, à l'endroit où elle sentait le regard de son compagnon.

Ils s'arrêtèrent devant la maquette d'une aile tournante pour machine volante.

— C'est plus élégant que l'hélice moderne, déclara-t-elle, troublée malgré elle par l'homme à son côté.

— Personnellement, je me moque du design, fit-il d'une voix traînante. Je préfère un hélicoptère moderne qui fonctionne à un engin élégant incapable de voler.

Elle réprima un rire amusé, soucieuse de ne pas laisser s'installer entre eux une atmosphère décontractée. Tant que leurs rapports restaient tendus, voire hostiles, l'alchimie sous-jacente qui existait entre eux ne risquait pas de se manifester.

— L'utilité et l'efficience, les choses fonctionnelles, c'est censé être mon domaine, avança-t-elle.

— Vous êtes scientifique ?

— Ingénieur. J'ai obtenu mon diplôme avant de quitter Bakhara.

— Ce qui explique pourquoi vous avez demandé l'itinéraire pour vous rendre à une centrale électrique ?

— Comment le savez-vous ? fit-elle, étonnée.

— Le concierge de l'hôtel m'a indiqué les endroits que vous souhaitiez visiter.

Soraya hocha la tête avec lenteur. Elle avait oublié de lui demander comment il avait fait pour la retrouver. Il avait dû la chercher pendant des heures ! Or, au lieu d'être en colère, il n'avait manifesté que de la curiosité. Décidément, cet homme imprévisible ne laissait pas de la surprendre.

— J'ai visité un château à la place. Bien plus *opulent* et attrayant qu'une centrale électrique *fonctionnelle*.

Il eut un petit rire qui lui mit le cœur en joie. C'était fou, tout de même : un sourire de lui et elle était toute retournée ! Etait-ce parce qu'elle ne s'était jamais retrouvée seule avec quelqu'un d'aussi séduisant ? Elle n'avait eu aucun mal à garder la tête froide au milieu de ses collègues mâles mais, dès l'instant où elle avait croisé le regard de Zahir, elle avait été chamboulée…

— Mon petit doigt me dit que ce n'est pas pour cette raison que vous avez changé d'avis.

— Votre petit doigt est perspicace. Ce n'est pas une installation de pointe, alors j'ai jugé qu'elle ne valait pas le détour.

— Vous avez donc travaillé à Paris comme ingénieur ?

— Oui. J'ai eu la chance de décrocher un poste d'assistante sur un projet de recherche. Mon travail consistait principalement à calculer des données.

— Vous devez être bonne dans votre partie pour avoir été prise.

Cette simple affirmation lui fit chaud au cœur.

— Une de mes professeurs m'avait recommandée. Elle pensait que, même si j'étais à Paris pour ma culture générale, ce serait un crime de ne pas saisir cette opportunité.

— Elle avait raison. Les opportunités sont là pour être saisies. Le travail vous a plu ?

— Enormément. L'équipe était excellente et j'ai tellement appris. Je…

Elle s'interrompit brusquement.

— Vous… ? l'encouragea-t-il.

Elle secoua la tête. A quoi bon lui confier qu'elle avait prévu de participer à la prochaine phase du projet, et que le chef d'équipe lui avait proposé plus de responsabilités ? Qu'elle avait entrevu un avenir en fonction de ses centres d'intérêt et de ses compétences professionnelles, et non pas d'un mariage arrangé des années plus tôt.

D'un geste, elle indiqua à Zahir une grosse coquille de bois, histoire de détourner la conversation et de couper court aux regrets qu'elle sentait affleurer.

— Regardez. C'est l'ancêtre du char d'assaut. Incroyable, non ?

Pour lui, c'était elle qui était incroyable, mélange captivant d'intelligence et de sensualité. Une femme avec qui il aimait bien croiser le fer.

Voilà qu'il s'égarait de nouveau ! Cette femme était la fiancée d'Hussein, il ferait bien de ne pas l'oublier. Ce qui ne l'empêchait pas de se demander ce qu'elle avait été sur le point de lui dire. Elle ne cachait pas ses émotions aussi bien qu'elle le croyait et il était persuadé que si elle avait changé de sujet, c'était pour éviter d'aborder un sujet qui la dérangeait.

— Les amis avec lesquels vous étiez en boîte, l'autre soir, ils sont ingénieurs, eux aussi ?

— Pardon ? fit-elle en levant des yeux où se lisait l'étonnement.

— Le type avec lequel vous dansiez, est-ce qu'il travaille sur le même projet ?

— Non. Ils sont étudiants, mais pas dans ma discipline.

Zahir attendit qu'elle développe, en vain.

— Donc, vous ne partagez pas la même passion ?

— Qui ? Raoul et moi ? Pas vraiment.

— Alors qu'avez-vous en commun ? Vous sembliez très proches.

Elle le fusilla du regard, et ce fut comme si la foudre l'avait frappé. Mais quel pouvoir cette femme avait-elle sur lui ? Même son premier et unique amour n'en avait pas eu autant…

— Cela ne vous regarde pas ! fit-elle avec véhémence.

— Désolé, mais dans la mesure où je suis chargé de vous ramener pour épouser Hussein, cela me regarde.

La stupeur la laissa sans voix ; ses yeux et sa bouche s'arrondirent. Quel supplice de voir sa poitrine se soulever et s'abaisser au rythme saccadé que la colère donnait à sa respiration !

— Donc, voilà à quoi vous passez votre temps : à m'espionner ! s'écria-t-elle, hors d'elle.

Zahir ne répondit pas. Il n'avait pas eu d'autre plan l'autre soir que de la retrouver pour lui faire part du message d'Hussein. Mais en la voyant, le choc l'avait cloué sur place. Il avait pressenti que cette femme allait changer le cours de sa vie. Pas étonnant qu'il ait tout gâché ce soir-là… Pour la première fois de son existence, il s'était trouvé dans l'incapacité d'agir, et il aurait donné tout l'or du monde pour être en droit d'avoir des vues sur elle.

Un intense sentiment de culpabilité l'envahit.

— Je ne vous espionne pas. Mais si j'estime qu'Hussein doit être au courant de quelque chose, je n'hésiterai pas à l'en informer.

— Quelque chose comme *danser* en public avec un homme ? lança-t-elle, sarcastique. Quelle témérité de ma part ! Quel affront à mon futur mari ! Dans quel siècle vivez-vous, Zahir ?

— S'il ne s'agit que de danser, je suis sûr qu'Hussein n'y trouvera rien à redire. Il n'y avait rien d'autre, Soraya ?

Il avait absolument besoin de savoir, mais était-ce vraiment pour le compte d'Hussein ? Il évita de répondre à cette question.

— Ma vie privée ne vous regarde pas ! s'offusqua Soraya, les pupilles étincelantes de rage. Si l'émir a des questions, il peut me les poser lui-même !

Elle le toisait, bravache, avec un cran que Zahir admirait. Il connaissait peu d'hommes capables de lui tenir tête de la sorte…

— Et l'invitation de votre amie, lorsque vous êtes

rentrée chez vous ? Je l'ai vue avec son amant en début de soirée et quand vous rentrez au petit jour, elle vous propose de les rejoindre au lit. Votre futur époux a-t-il le droit de connaître votre habitude de *tout* partager avec votre colocataire ?

Soraya devint livide et le regarda avec des yeux écarquillés. Puis, subitement, elle renversa la tête en arrière et partit d'un grand éclat de rire.

— Oh ! c'est trop drôle ! fit-elle entre deux hoquets en s'essuyant les yeux. Dommage pour vous que vous n'ayez pas entendu la suite ! La sœur jumelle de Lisle était passée après le départ de son petit ami, et elles étaient en train de *papoter* dans sa chambre.

Une fois son hilarité retombée, elle lui lança un regard plein de défi.

— On ne doit pas se fier aux apparences, Zahir. Ignorez-vous qu'elles sont trompeuses ? Contrairement à vos élucubrations scabreuses, je n'ai pas vécu une vie de débauche à Paris, pas plus que je n'ai développé de goût pour les parties à trois.

De toute évidence, elle disait vrai, il en était intimement convaincu. Pourquoi donc avait-il tiré des conclusions à partir de preuves aussi ténues, alors qu'il avait passé sa vie à apprendre à juger sur pièces ?

« Parce qu'il te fallait une raison de ne pas l'aimer », lui souffla sa conscience, qu'il ne contredit pas.

— Est-ce dans vos habitudes de tirer des conclusions hâtives sur les gens ?

— Absolument pas, fit-il en secouant la tête.

— Seulement sur moi ?

— Oui, admit-il en baissant les yeux, gêné. Je suis désolé, Soraya. C'était vraiment stupide de ma part. Je vous présente toutes mes excuses. L'accusation était indigne de vous.

— Indigne de moi ? Alors maintenant, vous vous imaginez que vous me connaissez ? C'est le comble !

— Non, je ne vous connais pas. Je suis ici parce que je veux vous comprendre.

— Afin de m'espionner pour le compte de l'émir.

— Non ! protesta-t-il.

— Alors, pourquoi ?

Il n'y avait plus de colère dans les yeux de Soraya, mais une curiosité extrême. Il lui devait la vérité, dût-il se montrer vulnérable et fragile.

— Pour moi-même. Parce que j'en ai besoin.

Elle le fixa alors avec une intensité extraordinaire. Aucun doute, elle avait compris…

Le silence s'installa entre eux.

— Ecoutez, dit-elle finalement. J'ai besoin de rester seule.

— Soraya, je suis vraiment désolé. Je…

— Cela n'a rien à voir avec ce que… vous aviez supposé à mon sujet. C'est juste que je préfère être seule. Je vous retrouve à l'hôtel, dit-elle en tournant les talons.

Zahir savait que c'était la meilleure attitude à adopter vu les circonstances mais il dut se faire violence pour ne pas la suivre. Pourtant, il aurait dû se sentir soulagé qu'au moins l'un des deux se conduise judicieusement.

Il resta un moment immobile, la regardant s'éloigner. Elle croisa une famille qui était passée un peu plus tôt devant leur table. Zahir vit deux poussettes vides et un des bambins qui donnait la main à un enfant plus âgé. Quelque chose lui parut anormal, mais quoi ? Mentalement, il essaya de faire défiler dans sa tête tous les membres de la famille lorsqu'ils étaient passés près de lui la première fois. Aussitôt, son cœur fit un bond : il ne s'était pas trompé, le groupe n'était pas complet. Prenant une profonde inspiration, il passa la petite troupe en revue. Il manquait le gamin au T-shirt jaune. Aussitôt, il s'élança sur le sentier, doublant Soraya au passage.

— Zahir, qu'est-ce que…

Il l'avait déjà dépassée, refaisant en sens inverse le trajet emprunté par le groupe. L'endroit était peu boisé et suffisamment dégagé pour qu'on puisse l'embrasser du regard. Aucune trace de l'enfant. A moins qu'il ne soit en contrebas, dans le jardin où serpentaient des ruisselets. La gorge nouée, il poursuivit sa course. Soraya l'appelait, loin derrière ; elle avait dû le suivre.

Soudain, il aperçut une tache jaune vif, *dans le miroitement de l'eau*. Son sang ne fit qu'un tour.

— Vite, cria-t-il à l'intention de Soraya qui arrivait en courant, une ambulance !

Et sans même prendre le temps de vérifier qu'elle avait bien attrapé le téléphone qu'il lui avait lancé, il dévala le talus.

— Soraya ? Est-ce que ça va ?

La voix de Zahir la tira de ses pensées et elle leva les yeux sur lui. Le léger brouhaha du restaurant refit surface et cet environnement paisible, agréable, la tranquillisa. A travers la baie de la grande salle à manger, le ciel rougeoyait des derniers feux du soleil couchant et la forêt étendait son ombre, isolant le château du monde extérieur. Quelle quiétude, après le cauchemar de la scène encore si présente à son esprit ! Le visage du bambin avec son affreuse couleur cireuse. Les hurlements de sa mère. L'horrible peur qui décomposait tous les mouvements, comme s'ils avaient été effectués au ralenti, et dont l'odeur emplissait encore ses narines.

— Je vais bien, merci, répondit-elle avec un sourire courtois, tout en portant à la bouche un morceau de son succulent poisson.

Elle reposa son couteau et sa fourchette dans son assiette.

— Heureusement que vous vous trouviez là, ajouta-t-elle. Et que vous avez remarqué son absence.

— L'enfant est sain et sauf, c'est l'essentiel.

— Je sais, mais je ne peux m'empêcher de penser à ce qui serait arrivé sans vous. Avec quel sang-froid vous avez pris les choses en main !

Elle en frissonnait encore. Pourtant, elle n'avait fait qu'appeler les secours et réconforter les parents du petit pendant que Zahir lui faisait du bouche-à-bouche.

Il eut un sourire bienveillant.

— J'ai quand même eu une belle poussée d'adrénaline. Mais ce n'était pas la première fois que je me trouvais dans une situation d'urgence. Loin de là.

Son sourire disparut et ses traits prirent soudain une expression de dureté incomparable. Cela lui rappela qu'elle ne connaissait pratiquement rien de cet homme, avec lequel pourtant elle allait passer les prochaines semaines — et même plus, puisqu'il était le bras droit de son futur mari. Leurs chemins ne manqueraient pas de se croiser, à Bakhara.

— Parlez-moi de vous, fit-elle brusquement.

Une expression de surprise se peignit sur son visage.

— Cela ne me regarde pas, je sais, ajouta-t-elle. C'est juste que… j'ai du mal à vous saisir.

Pour Soraya, un changement radical s'était produit aujourd'hui. Ils avaient partagé un moment agréable, ce qui avait eu pour effet de rompre la glace entre eux, et lorsqu'il lui avait présenté ses excuses, puis lorsqu'il avait sauvé l'enfant, il lui était apparu sous un jour complètement nouveau. Elle avait découvert un homme terriblement attachant, loin du personnage froid et arrogant qu'elle avait imaginé. Ce qui n'était pas sans danger : tant qu'il demeurait cantonné dans son rôle d'odieux individu, elle restait maîtresse de ses sentiments…

— Je veux comprendre, insista-t-elle, sans même savoir ce qu'elle voulait connaître.

Tout était si enchevêtré : les événements de la journée, l'énigme de la véritable personnalité de Zahir, cette alchimie secrète entre eux… Elle ne savait plus trop bien où elle en était.

— Il n'y a pas grand-chose à comprendre, fit-il en posant la main sur la sienne (Soraya frémit jusqu'au tréfonds de son être). La violence fait partie de ma vie. J'ai appris à réagir rapidement. Même lorsque j'étais enfant.

— Si jeune ?

— Un de mes premiers souvenirs, c'est un des copains de mon père, complètement ivre, s'écroulant par terre et se fracassant le crâne contre les marches de pierre. Il gisait dans une mare de sang et je revois mon père traverser la pièce en jurant *à cause des dégâts*.

— Oh ! Zahir, c'est terrible ! Quel âge aviez-vous ?

— Trois ans. Peut-être quatre.

Soraya était bouleversée. Quel genre de vie menait-il pour avoir assisté à une scène aussi horrible à cet âge ?

— Il y a eu d'autres… incidents. Ils m'ont appris à quel point la violence peut être subite, imprévisible. J'ai été à dure école, mais ça m'a servi.

Elle le regarda avec insistance, interloquée. Zahir, même sans donner beaucoup de détails, brossait de son enfance un tableau qui l'horrifiait.

— Vous semblez avoir eu des premières années de vie mouvementées.

— C'est le moins qu'on puisse dire, répliqua-t-il avec un regard amusé.

Il baissa les yeux et fronça les sourcils, comme s'il prenait soudain conscience que leurs mains étaient réunies. Il retira brusquement la sienne, et Soraya se sentit aussitôt perdue.

— Ma petite enfance fut un désastre, continua-t-il, mais j'ai survécu. Puis j'ai été recueilli par la famille royale. J'étais en sécurité, j'allais à l'école, je ne manquais de rien. Mais j'ai reçu une formation de guerrier. J'ai vu plus d'accidents et de blessures que vous ne pourriez l'imaginer. Dès l'âge de douze ans, je pouvais diagnostiquer une luxation, une fracture ou une entorse.

— Ça a dû être dur.

— C'était mon monde.

Soraya buvait ses paroles, avide de détails mais consciente que Zahir lui en avait déjà beaucoup dit.

— Finalement, j'ai fait partie de la garde rapprochée

de l'émir ; j'en ai même été le chef. Vous imaginez donc que ce ne sont pas les occasions de gérer des crises qui ont manqué.

Ils restèrent un moment silencieux, puis il saisit ses couverts et entreprit de finir son plat, invitant Soraya à faire de même. Il lui fut difficile d'avaler quoi que ce soit, car les révélations de Zahir n'avaient fait qu'accroître son désarroi. Tant qu'il lui était apparu autoritaire, arrogant et intrusif, elle n'avait eu aucune difficulté à être mal disposée à son égard. Mais maintenant qu'elle avait découvert l'humanité qui se cachait sous ses dehors rébarbatifs, comment résister à l'attirance qu'elle ressentait ?

Oui, cet homme l'attirait, elle devait se l'avouer. Pour une femme qui ne s'intéressait pas aux hommes, ce qui lui arrivait était incompréhensible.

Elle avait très tôt pris conscience des pièges de l'amour et décidé qu'elle ne tomberait pas dans le panneau. C'était d'ailleurs la raison pour laquelle elle avait accepté d'épouser Hussein, persuadée déjà, adolescente, qu'un mariage arrangé avec un homme honorable était plus sûr qu'un mariage d'amour. Elle n'était jamais tombée amoureuse, et avait peut-être même tout fait pour l'éviter.

Pourquoi alors Zahir la fascinait-il autant ? Quel besoin avait-elle de chercher à le comprendre ? Parce qu'elle n'était pas aussi affranchie qu'elle l'avait cru ? Parce qu'elle était sensible au charme d'un homme exceptionnel ?

Un homme qui cachait, sous un abord froid, une douceur surprenante et un héroïsme hors du commun...

7.

Deux jours plus tard, en rentrant à l'hôtel, Soraya vit la famille dont un des enfants avait failli se noyer qui s'était installée sur la pelouse. Deux des enfants jouaient au ballon à proximité.

— Mademoiselle Karim ! s'écria une des adolescentes.

— Lucie, comment vas-tu ? Et ton frère ? demanda Soraya avec un grand sourire.

— Il est complètement remis, répondit la mère en se rapprochant, son plus jeune enfant dans les bras. Nous sommes venus vous remercier tous les deux. Sans vous…

— Sans eux, notre fils serait mort, intervint son mari d'une voix cassante. Parce que tu n'as pas été capable de le surveiller.

Soraya se raidit, choquée par son ton virulent.

— Trop facile de rejeter la responsabilité sur autrui lorsqu'on est fautif, déclara une voix de baryton tout près d'elle. Il est du devoir d'un père de protéger sa famille.

— Attention ! cria Soraya en voyant arriver un ballon de foot droit sur Zahir.

Mais il l'avait déjà stoppé. Il s'amusa à jongler avec le ballon, puis le renvoya vers les enfants. Le ballon atterrit à leurs pieds.

— Vous jouez au foot ? demanda Soraya, une fois qu'ils eurent pris congé de la famille.

— Je jouais. Quand j'étais jeune.

— Moi aussi.

— Cela ne m'étonne pas, fit-il en esquissant un sourire.

— Que faisiez-vous d'autre à cette époque ?

— Je montais à cheval. J'ai appris à jouer aux échecs.
Et à me battre.

Soraya rit.

— On croirait entendre un mâle bakhari dans toute
sa splendeur.

— Je *suis* un pur mâle bakhari.

Elle n'était pas tout à fait d'accord. Un tenant de la
tradition ne l'aurait pas laissée conduire sa voiture ni
n'aurait écouté attentivement une femme expliquer les
principes de l'énergie géothermique.

— Et vous, que faisiez-vous quand vous étiez jeune ?
demanda-t-il.

— J'ai appris à cuisiner, à tenir une maison et à broder.
Et à la moindre occasion, je filais jouer au foot.

— En rêvant d'épouser un beau prince ?

— Non ! s'écria-t-elle.

Zahir l'observa attentivement.

— Epouser Hussein n'est pas pour vous la réalisation
d'une ambition de toujours ? Je croyais que tout ce que les
petites filles souhaitaient, c'était un mariage prestigieux.

— Les autres petites filles peut-être. Le mariage n'a
jamais été mon rêve.

8.

Zahir avait beau enchaîner les longueurs de piscine, impossible d'évacuer Soraya de son esprit. C'était devenu obsessionnel.

Il était à bout. Il dormait mal. Il n'arrivait plus à se concentrer sur le futur et sur son poste de gouverneur, son plus grand défi à ce jour. Soraya Karim occupait toutes ses pensées.

Passer du temps avec elle, c'était jouer avec le feu. Il avait bien tenté de la persuader de raccourcir leur itinéraire, mais elle tenait à visiter la campagne française et il avait cédé. Ils séjournaient chez un ami dans le Périgord, qui possédait un manoir entouré de noyers, de petits villages et de routes sinueuses. Pas de boutiques. Pas de night-clubs.

Soraya était aux anges. Elle s'extasiait sur tout ce qu'elle voyait, des maisons en pierre à l'accent des gens qu'ils rencontraient, et son enthousiasme était communicatif. Grâce à elle, il redécouvrait des plaisirs tout simples.

Le problème, c'était ses sentiments pour elle.

Zahir sortit de l'eau. Il était encore tôt et il devait se rendre à Paris, soi-disant pour une réunion. En réalité, il s'agissait d'une excuse pour s'éloigner de Soraya et du danger qu'elle représentait. Sa présence lui était de plus en plus indispensable. Depuis qu'il l'avait rencontrée, il était un autre homme ; la carapace émotionnelle qu'il s'était forgée se fissurait insensiblement.

Il se trouvait à mi-chemin de la maison lorsqu'il vit de la lumière dans le garage. Qui donc était debout à une heure aussi matinale ? Intrigué, il entra jeter un coup d'œil. La surprise le cloua sur place.

De sous un 4x4 dépassaient des jambes à couper le souffle. Avec les robes d'été légères que Soraya portait, il avait eu maintes occasions de remarquer qu'elle avait de fort jolies jambes ; mais son regard s'était toujours arrêté au genou. Pour la première fois il put remonter le long de ses cuisses fines, et un désir fou s'empara de lui.

Soraya n'était pas certaine d'avoir bien entendu. Cessant de fredonner, elle s'essuya le front d'une main crasseuse. Non, elle ne s'était pas trompée : c'était bien une voix qui couvrait le chant matinal des oiseaux.

Lorsqu'elle sortit la tête de dessous le véhicule, elle se trouva face à une paire de jambes solidement plantées devant elle. Son regard remonta depuis les pieds nus sur des cuisses en béton, qui émergeaient d'un short de bain dégoulinant. Plus haut encore, une main puissante aux jointures blanches serrait une serviette.

Puis ses yeux glissèrent sur un ventre plat, des pectoraux musclés et des épaules carrées, avant de se perdre dans des yeux verts assombris par la lumière du petit matin.

La gorge sèche, le cœur battant, elle s'assit précipitamment.

— Je… Bonjour, Zahir, articula-t-elle d'une voix hachée par l'émotion.

Le simple fait de prononcer son prénom la faisait frissonner de plaisir. Son attirance pour lui n'avait fait que s'accroître depuis qu'ils passaient leurs journées ensemble, bavardant de tout et de rien, découvrant la France, dînant dans des petites auberges ou des grands restaurants.

Au début, l'antipathie qu'elle éprouvait à l'encontre de Zahir lui avait permis de se voiler la face. Or, ce n'était plus le cas depuis longtemps…

— Vous m'avez fait peur ! s'exclama-t-elle, ne sachant trop quoi dire.

Malgré les affinités intellectuelles qui existaient entre eux, et le plaisir qu'elle prenait à sa compagnie, elle était chaque jour plus tendue en sa présence. C'était comme si une autre femme habitait son corps, une femme avec des désirs et des besoins qui lui étaient jusque-là totalement étrangers ; une femme dont les yeux suivaient chacun des mouvements de cet homme, dont les seins réclamaient ses caresses, dont le ventre frémissait au son de sa voix grave.

Les critiques qui avaient empoisonné son enfance étaient peut-être fondées, après tout : et si elle était condamnée à suivre les traces de sa mère, incapable de résister à l'attrait d'un bel homme ?

A vingt-quatre ans, elle se croyait complètement immunisée contre le sexe masculin car aucun homme n'avait jamais mis ses sens en émoi. Or, elle se rendait compte qu'il n'en était rien.

Le pire, c'était que son attirance n'était pas seulement physique. Elle aimait l'humour pince-sans-rire de Zahir, son intelligence, le fait qu'il soit un homme honnête qui prenait ses responsabilités au sérieux. Il était patient avec elle, qui envisageait pourtant son avenir avec appréhension.

— Qu'est-ce que c'est que cette tenue ? demanda-t-il d'une voix rauque.

Aussitôt, elle serra les genoux et les entoura de ses bras.

— Je n'avais pas de short, alors j'ai coupé un de mes vieux jeans. Il fait trop chaud ici pour être en pantalon.

— Cela n'explique pas ce que vous faites couchée dans la saleté.

Elle eut l'impression d'entendre ses tantes lui reprocher sa conduite peu distinguée, et un ancien sentiment de culpabilité refit surface — la culpabilité d'être la fille de sa mère, d'être impulsive et déterminée, de sortir des sentiers battus.

— Je répare la voiture. Hortense a eu des problèmes

avec, alors j'ai eu envie d'y jeter un œil, déclara-t-elle en levant le menton d'un air de défi.

— Hortense ? La gouvernante ?

— Oui. Elle pourrait prendre un autre véhicule, dit-elle en désignant d'un geste les nombreuses voitures qui emplissaient le garage. Mais c'est à celui-ci qu'elle est habituée.

— Ce n'est pas à vous de faire ce travail. Vous êtes invitée.

— Mais j'adore ça, affirma Soraya, sûre de s'attirer un regard de consternation ou de désapprobation.

Au lieu de cela, elle eut droit à un sourire qui la fit chavirer.

— Eh bien, libre à vous. Pour ma part, je passerais volontiers du temps avec des chevaux, des gens ou des ordinateurs. Mais sous un châssis, non merci !

Il lança négligemment sa serviette sur une épaule, sans prendre la peine d'essuyer les gouttelettes d'eau qui dégoulinaient de ses cheveux. Soraya ne put s'empêcher de suivre leur progression sur sa peau hâlée et ses mains se crispèrent sur ses genoux.

— Je peux démonter un moteur et le remonter en un temps record, poursuivit-il en ignorant le regard appréciateur posé sur son corps. Ce n'est pas pour autant que je le ferais pour le plaisir.

— Que faites-vous pour le plaisir ? Comment vous détendez-vous ?

Le sourire tranquille de Zahir disparut.

— Vous devez bien faire quelque chose pour vous relaxer, insista-t-elle.

— Rien de spécial.

Sa voix soudain plus sourde, ses yeux qui flamboyaient d'un éclat d'émeraude firent courir sur la peau de Soraya une multitude de petits frissons et allumèrent un brasier au fond de ses entrailles.

Sa physionomie trahissait un appétit sexuel tellement évident que même quelqu'un d'aussi inexpérimenté qu'elle ne pouvait pas ne pas le remarquer. Les femmes, voilà quelle était sa manière de se détendre, comprit Soraya.

Et en ce moment précis, c'était *elle* qu'il dévisageait…

Son regard était une caresse qui effleurait sa peau, faisait tressaillir tous les muscles de son corps. Elle n'avait jamais rien ressenti d'aussi agréable. Envolée en un instant, la prudence qui était, depuis toujours, sa ligne de conduite ; balayée par une force dévastatrice que rien n'aurait pu arrêter.

Brusquement, l'attirance irrésistible qu'ils avaient feint d'ignorer se manifestait dans toute sa puissance. Soraya avait tenté de se convaincre qu'elle était le fruit de son imagination mais le regard lourd de sens de Zahir lui affirmait le contraire. S'il avait tendu la main pour la toucher, elle n'aurait pas protesté.

Elle n'attendait même que cela…

Il baissa les yeux et fixa sa bouche. De plus en plus hypnotisée, de la lave dans les veines, elle frémit comme si leurs lèvres s'étaient rencontrées. Comment serait son baiser ? Pressant et fougueux ou bien lent et sensuel ?

Zahir fit un pas vers elle.

— Je…, commença-t-il en se passant une main dans les cheveux. J'ai une réunion à Paris. Je ne serai pas de retour pour le dîner. Ne m'attendez pas.

L'instant d'après, il était parti.

Passer la journée seule n'avait pas suffi à éteindre le brasier qui couvait en elle.

C'était le comble de l'ironie de penser qu'à quelques semaines seulement de son mariage, elle éprouvait pour la première fois un désir *sexuel*.

Ce qui n'impliquait pas qu'elle devait y céder…

Elle s'était occupée, persuadée que, si elle se trouvait des activités pour chaque minute de chaque jour jusqu'à son retour à Bakhara, elle surmonterait ce désir ardent. Pour l'instant, cela n'avait pas marché. Elle avait réparé le 4x4, passé des heures sur son ordinateur pour finir son rapport, rattrapé le retard qu'elle avait pris dans ses messages, rapporté du marché tellement de produits appétissants que la pauvre Hortense avait passé tout l'après-midi à cuisiner, sans répit elle avait pensé à Zahir.

A présent que le jour touchait à sa fin et qu'il n'était toujours pas rentré, Soraya comprit qu'il lui faudrait plus qu'un livre ou qu'un film pour se calmer. N'était-ce pas le moment idéal pour affronter ce qu'elle remettait à plus tard depuis des années, *a fortiori* depuis qu'ils étaient arrivés ?

Elle se rendit au bord de la piscine. Là, elle contempla longuement l'eau qui miroitait dans le bassin. Puis, prenant une profonde inspiration, elle descendit la première marche.

Elle eut aussitôt la chair de poule mais ce n'était pas dû à la température de l'eau, délicieusement tiède. Encore une marche et son cœur battait à tout rompre. Il fallait absolument qu'elle continue. La main fermement appuyée sur le bord du bassin, elle tenta de se raisonner : elle n'avait rien à craindre.

Sauf une peur panique qu'elle n'avait jamais réussi à surmonter.

En un éclair, elle revit le bambin blanc comme un linge que Zahir avait retiré du ruisseau. Etait-elle aussi pâle que lui le jour où elle avait failli se noyer ? Son ventre se noua aussitôt. Mais cette fois-ci, elle était déterminée à vaincre sa phobie.

Finalement, toujours en suivant le bord, elle parvint à un endroit où elle n'avait plus pied. Elle n'en menait pas large. Elle se retourna et, agrippant le bord de la piscine, elle étendit les jambes, partagée entre l'euphorie de s'être aventurée au-delà de sa zone de confort et l'épouvante à l'idée de ce qui pourrait arriver.

Elle remua les jambes. Jusque-là, pas de problème. Mais comment coordonner bras et jambes ? Le tout était d'arriver à lâcher le bord du bassin, en commençant par un bras, peut-être. Ensuite, si elle parvenait à se détendre suffisamment, elle était sûre qu'elle pourrait flotter. C'était tellement facile, disait-on. Prenant son courage à deux mains, elle allongea complètement le corps, tendant les bras jusqu'à ce que seules les extrémités de ses doigts soient en contact avec le bord. Ce n'était pas si insurmontable, finalement. Demain, elle s'aventurerait dans l'endroit le plus profond et essaierait sans se tenir.

— Soraya ?

Elle ouvrit la bouche pour répondre et but la tasse. Affolée, elle battit l'air de ses bras en cherchant à s'agripper mais ne réussit qu'à perdre pied. Elle se noyait, de nouveau…

Deux bras puissants la repêchèrent et la tinrent avec fermeté hors de l'eau. Soraya se cramponna désespérément aux larges épaules de son sauveur en haletant, la bouche grande ouverte.

— Tout va bien, Soraya. Ne craignez rien.

La voix rassurante de Zahir la tranquillisa et les battements de son cœur se calmèrent peu à peu. Elle cligna des paupières afin de chasser l'eau qui lui brûlait les yeux, puis enroula les bras autour du cou de Zahir. Elle enfouit le visage contre sa peau tandis qu'il remuait les jambes pour se maintenir à flot, ses mains puissantes plaquées contre ses hanches. Bientôt, elle sentit une marche carrelée sous ses pieds.

— Vous êtes en sécurité maintenant, dit-il en relâchant son étreinte.

— Merci.

Elle s'accrochait toutefois à son bras, encore sous le choc. Il sembla comprendre car il ne chercha pas à se dégager.

— Vous ne savez pas nager ?

— Non, répondit-elle en secouant la tête.

— Et pourtant, vous étiez dans le bassin…

— J'apprenais à flotter. Ou du moins, j'essayais, ajouta-t-elle avec un sourire forcé.

Elle n'en dit pas plus mais le regard silencieux et insistant de Zahir la poussa dans ses retranchements.

— J'ai peur de l'eau, avoua-t-elle.

Elle s'attendait à un regard moqueur mais il se contenta de hocher la tête.

— Moi aussi j'aurais peur de l'eau si je ne savais pas nager.

Aucune condescendance, aucun étonnement dans sa remarque, juste une acceptation tranquille et un ton neutre qui mirent Soraya en confiance.

— Pourquoi avez-vous si peur de l'eau ? voulut-il savoir.

— J'ai failli me noyer quand j'étais petite. Je pensais que ma mère me surveillait mais elle était… occupée.

Elle ne dit pas que, persuadée sans doute que sa fille était en sécurité, sa mère était allée retrouver son amant, l'homme avec lequel elle avait fini par s'enfuir… Depuis cette mésaventure, Soraya avait développé une phobie de l'eau qu'elle n'était jamais parvenue à surmonter.

Zahir lui frotta le dos d'un geste réconfortant qui libéra les tensions qui lui nouaient encore la nuque.

— Ce qui s'est passé à Amboise a dû raviver le souvenir de cet incident, constata-t-il. Pas étonnant que vous soyez devenue blanche comme un linge.

— C'était… horrible ! Mais cela m'a fait prendre conscience que je ne pouvais continuer à faire comme si cette peur était sans importance. Je dois absolument réussir à la dominer.

— Promettez-moi de ne pas recommencer toute seule, dit Zahir en lui prenant le menton entre les doigts et en la regardant droit dans les yeux.

— Mais je…

— Je vous apprendrai à nager. Promettez-moi seulement que vous n'essaierez pas seule.

Il la fixait avec une telle incandescence dans le regard que son cœur se mit à lui marteler la poitrine. Entre ses cuisses, la tiède palpitation qu'elle avait appris à connaître se manifesta avec virulence.

— Je vous le promets.

— Bien, dit-il en hochant la tête et en lui prenant la main. Nous allons commencer tout de suite.

— Tout de suite ? s'étonna-t-elle.

— Il faut battre le fer tant qu'il est chaud. De plus, il ne s'agirait pas que ce petit épisode vienne alimenter votre peur, pas vrai ?

L'ennui, c'était que le mal était déjà fait. Rien qu'à l'idée de retourner dans le bassin, Soraya était paralysée de terreur.

— Vous voulez bien me faire confiance ? demanda Zahir en lui prenant la main.

Elle détailla son visage sérieux, presque sombre, qui attestait sa force de caractère. Il y avait de la détermination dans cette mâchoire solide, de l'arrogance dans ces pommettes aristocratiques et ce nez impérieux. Elle pensa à tout ce qu'elle savait de lui : il était compétent, fiable et gentil. Comment pourrait-elle ne pas lui faire confiance ?

— Oui, je veux bien, acquiesça-t-elle en se laissant emmener dans l'eau.

— Renversez bien votre tête en arrière, ordonna-t-il.

Soraya obéit et, l'instant d'après, elle faisait la planche, rassurée de savoir que les mains de son maître nageur improvisé étaient sous son dos.

Zahir sourit pour lui-même. Difficile de croire que c'était la même femme qui, quelques minutes plus tôt, se débattait, complètement paniquée, à cinquante centimètres du bord du bassin. Elle s'abandonnait à présent avec une foi absolue en lui qui le touchait, même si ce corps étendu devant lui mettait sa libido à dure épreuve. Elle ne portait pourtant pas de Bikini microscopique, seulement son débardeur et son jean coupé. Et cela suffisait pour lui enflammer les sens…

— Pourquoi ne portez-vous pas de maillot de bain ? demanda-t-il.

— Je n'en ai pas. Je n'en ai pas besoin puisque je ne me baigne jamais.

Pourtant, ce soir, elle n'avait pas hésité à se jeter à l'eau pour tenter de surmonter sa peur. Pour ne pas rester sur un échec et vivre avec la honte d'avoir manqué de courage. Quel cran, tout de même ! Mais quelle inconscience, aussi… Que serait-il arrivé s'il n'avait pas eu envie d'aller nager dès son retour ? Si elle s'était noyée sans que personne ne s'en aperçoive ? Il en eut la chair de poule, mais de la colère se mêlait à sa peur rétrospective.

— Que faisiez-vous à un endroit où vous n'aviez pas pied ? demanda-t-il d'une voix lourde de reproches. Vous auriez pu commencer en restant près des marches !

— Il fallait que ce soit dangereux pour que j'aille au-delà de ma peur.

Il leva les yeux au ciel. Elle était incroyable…

— Ne refaites plus jamais ça sans moi.

— Je vous l'ai déjà promis, dit-elle avec un regard solennel qui lui fit chavirer le cœur. Mais j'ai besoin d'apprendre vite. Vous ne serez pas toujours là pour m'aider.

En effet… Bientôt, il serait en train de diriger la plus grande province de Bakhara et Soraya serait mariée avec Hussein. Cela le rendait malade, tout comme lui apprendre à se relaxer dans l'eau le mettait au supplice. Il devait faire un effort considérable pour arriver à se concentrer.

— Maintenant, essayez de faire des battements de pieds, mais en gardant les jambes droites.

Elle suivit ses instructions et, ensemble, ils progressèrent le long du bassin.

— J'avance ! Je nage ! s'écria-t-elle, tellement radieuse qu'un frisson de plaisir courut sur la peau de Zahir.

Elle continua de battre des pieds et ses longs cheveux, qu'il n'avait jamais vus défaits, s'étalaient comme un nuage de satin sombre. Jamais il n'aurait imaginé qu'ils puissent être aussi longs. Ils caressaient ses mains, ses bras et son ventre tandis qu'il l'accompagnait. L'image de cette chevelure cascadant le long de son dos nu et retombant sur ses seins tandis qu'il lui faisait l'amour s'imposa malgré lui à son esprit.

C'en fut trop ! Il retira ses mains et s'éloigna suffisamment pour éviter tout contact — ils étaient près du bord, Soraya ne risquait rien.

— La leçon est finie pour aujourd'hui, déclara-t-il. Nous continuerons demain et vous pourrez apprendre à flotter à plat ventre, et peut-être commencer à nager correctement.

— Vraiment ? dit-elle en lui prenant la main, l'empêchant de s'éloigner. Vous pensez que je suis prête ?

Il se retourna à contrecœur. Les yeux de Soraya brillaient d'excitation et son sourire le fit fondre. Comme un somnambule, il lui prit le menton. Il la sentit frissonner sous ses doigts. Alors, ce désir ardent contenu depuis trop longtemps se déchaîna, balayant tout sur son passage. Il vit son visage se rapprocher, les yeux agrandis, la bouche entrouverte.

Puis leurs lèvres se rejoignirent et le monde s'écroula autour de lui.

9.

Soraya avait souvent rêvé de ce baiser, mais la réalité fut au-delà de tout ce qu'elle avait pu imaginer.

Zahir lui avait pris le visage entre les mains et, tendrement mais fermement, avait incliné sa tête vers la sienne. Il passait à présent la langue sur ses lèvres, qu'il l'invita à entrouvrir. Le baiser se fit alors plus profond, fougueux. Le corps parcouru de frissons de plaisir, enivrée par la bouche de Zahir, par l'odeur épicée de son corps musclé plaqué contre le sien, Soraya chavira.

Chancelante, elle s'agrippa instinctivement aux épaules de son compagnon et le monde explosa en une myriade d'étincelles. Jamais elle n'avait connu pareille sensation. Fermement tenue par des mains solides, jamais elle ne s'était sentie plus fragile et, en même temps, plus forte.

Elle fit glisser ses doigts le long du dos de Zahir jusqu'à sa nuque, puis les enfouit dans ses cheveux humides, lui arrachant un soupir de plaisir. Quelle sensation étrange et agréable de découvrir le pouvoir que, malgré son inexpérience, elle avait sur cet homme qui hantait ses pensées et ses rêves !

Sa langue se fit plus insistante et elle répondit à son baiser, timidement d'abord puis avec ardeur, grisée par cet océan de passion dans lequel elle sombrait.

Son corps tout entier brûlait de désir. Elle voulait cet homme avec une intensité qu'elle n'aurait jamais pu imaginer. Au comble de l'excitation, elle se colla un peu plus étroitement contre lui, pressant ses hanches contre son bassin. Lorsqu'elle sentit la preuve flagrante de son excitation virile, elle s'immobilisa, consciente de jouer avec le feu. Une petite voix lui conseilla de partir mais son désir était plus fort que sa raison.

Soudain, deux mains lui saisirent fermement les bras et la repoussèrent.

— Je suis désolé, dit Zahir d'une voix rauque. Cela n'aurait jamais dû se produire.

Il détourna les yeux comme s'il ne pouvait supporter de la voir, ou comme s'il ne pouvait affronter ce qu'il lisait sur son visage. C'était la première fois qu'il évitait son regard...

Soraya eut l'impression que quelque chose se brisait au fond d'elle. Elle inspira profondément pour se ressaisir, mais son cœur battait si fort et elle tremblait tellement qu'elle avait du mal à tenir sur ses jambes.

— Vous ne pouvez faire comme s'il ne s'était rien passé, objecta-t-elle d'une voix mal assurée.

Zahir secoua la tête.

— C'était *mal*, répondit-il en reculant, comme s'il lui était insupportable de rester trop près d'elle.

Bien sûr que c'était mal, Soraya ne le savait que trop bien ! Désirer le conseiller en qui son futur époux avait le plus confiance, c'était même désastreux. Impensable !

Pourtant, cette alchimie extraordinaire entre Zahir et elle n'était-elle pas un cadeau du ciel ?

— S'il vous plaît, je...

Elle s'interrompit. Que lui dire ? Elle ne pouvait supporter la souffrance qu'elle lisait sur ses traits orgueilleux et il lui fallait trouver le moyen de l'atténuer.

Mais il ne lui en donna pas l'occasion : il sortit précipitamment du bassin et s'éloigna sans un mot.

La lumière du soleil inondait la salle à manger. Attablée devant un petit déjeuner tardif, Soraya ne trouvait pas l'énergie nécessaire pour sortir. Cette nuit, à force de ressasser les événements, c'était seulement à l'aube qu'elle avait fini par trouver le sommeil.

Qu'avait-elle fait ?

Rien que de penser à leur baiser, à la façon dont son corps et celui de Zahir avaient fusionné, elle en avait encore des frissons. Quelle sensation extraordinaire que le désir ! Dire que jusqu'alors, ce n'était pour elle qu'un mot vide de sens et que, pour n'en avoir jamais fait l'expérience, elle était persuadée qu'elle ne le connaîtrait jamais ! De même qu'elle avait toujours pensé que l'amour était une faiblesse, sans doute en réaction à l'attitude de sa mère, partie lorsqu'elle avait six ans pour enchaîner aventure sur aventure avant de mourir prématurément. Peut-être était-ce aussi pour faire mentir les mauvaises langues, qui prédisaient qu'elle serait comme sa mère, qu'elle n'avait jamais cherché à attirer l'attention des hommes, persuadée que, de toute façon, ils ne l'intéressaient pas.

Jusqu'à sa rencontre avec Zahir...

Le cœur en berne, elle repoussa son petit déjeuner sans même l'avoir touché.

Etait-elle, comme sa mère, destinée à être couverte d'opprobre, à faire fi de l'honneur et du devoir, pour les beaux yeux d'un homme ?

Hors de question ! Qu'elle le veuille ou non, elle devait faire face à son destin. Elle s'y était engagée. Et pourtant, elle n'avait pas hésité à embrasser Zahir et serait allée plus loin encore s'il n'avait tenu qu'à elle. Elle aurait dû avoir honte, or, malgré un sentiment de culpabilité indéniable, elle ne regrettait pas ce baiser. Moment unique de bonheur absolu, il était à jamais imprimé dans son âme. Cet instant avait été parfait, comme si Zahir et elle étaient faits l'un pour l'autre. Cette attirance qu'elle éprouvait pour cet homme fascinant, fier, attentionné, n'était pas uniquement physique. Depuis qu'elle avait découvert sa vraie nature, elle en était tombée follement amoureuse.

Oui, la vérité lui sautait aux yeux : elle était amoureuse de Zahir El Hashem. Et c'était sans espoir...

— Mademoiselle ?

Tout à ses pensées, Soraya n'avait pas entendu Hortense approcher.

— De la part de M. El Hashem, dit cette dernière en lui tendant un paquet.

— Merci, Hortense, répondit Soraya, intriguée.

A l'intérieur du paquet, elle découvrit un maillot de bain dans les tons bleu-vert et turquoise.

— Monsieur a dit qu'il vous attendrait à la piscine.

— A la *piscine* ? répéta Soraya, qui avait du mal à cacher son trouble.

— Oui. Pour votre leçon de natation, répondit la gouvernante, tout en débarrassant d'un air désapprobateur la nourriture que Soraya n'avait pas touchée.

Quelle idée de lui avoir proposé de lui apprendre à nager ! Seul avec elle, avec ses mains sur son corps de rêve, c'était vraiment jouer avec le feu. Hélas, maintenant qu'il le lui avait promis, Zahir ne pouvait pas se désister. Ce serait trop lâche. Et puis tant qu'elle ne saurait pas nager, il ne se sentirait pas tranquille. Des images d'elle en train de se débattre dans l'eau l'assaillirent et son sang se glaça dans ses veines. Il l'avait sauvée de la noyade à coup sûr, mais comment avait-il pu perdre la tête au point de l'embrasser ?

Elle n'était certainement pas complètement innocente mais de toute évidence, il l'avait surprise par son ardeur. Il était dans un tel état d'excitation qu'il avait perdu tout contrôle, comme sous l'emprise d'une drogue. Comment un simple baiser pouvait-il déclencher un plaisir aussi intense ? Rien que d'y penser, la sueur perlait à son front. Et maintenant, comment résister à la tentation ? Savoir que le paradis était à portée de main et ne pas pouvoir y entrer, quelle torture !

Ce serait sa punition pour avoir trahi la confiance d'Hussein…

Un bruit interrompit le cours de ses pensées. Il leva la tête. Soraya arrivait, enveloppée dans un lourd peignoir en éponge en dépit de la chaleur. Même emmitouflée de la sorte, elle restait désirable, avec ses longs cheveux qui descendaient jusqu'à sa taille et ses pieds nus. Zahir déglutit péniblement ; son pouls s'était affolé.

La jeune femme s'arrêta au bord du bassin.

— Vous êtes sûr de vouloir m'apprendre à nager ? demanda-t-elle.

Il lut de la méfiance dans son regard.

— Je vous l'ai promis. Je n'ai qu'une parole. Je vous prie de m'excuser pour mon attitude d'hier soir. Croyez-moi, cela ne se reproduira pas.

— Moi aussi je vous dois des excuses, murmura-t-elle en baissant les yeux. Je suis aussi fautive que vous.

Zahir n'avait nul besoin qu'elle lui rappelle l'ardeur avec laquelle elle avait répondu à ses sollicitations, mais ce n'était pas une raison pour se dédouaner. Il secoua la tête.

— Je suis responsable de vous.

— Pour ma sécurité, c'est tout, rétorqua-t-elle, une lueur combative dans le regard. Merci pour le maillot de bain, ajouta-t-elle au bout d'un moment. Vous avez dû vous lever de bonne heure.

En fait, il ne s'était pas couché. Il avait passé la nuit à se remémorer avec délice et à se reprocher, tour à tour, le moment d'égarement de la veille, tout en se jurant qu'il n'y aurait pas de deuxième fois.

Il allait devoir faire preuve d'une volonté de fer, comprit-il lorsque Soraya défit la ceinture de son peignoir et le laissa tomber au sol… Le souffle coupé, il la détailla des pieds à la tête. Il avait vu juste pour la taille, et le tissu extensible de son maillot une-pièce, pourtant sobre, moulait merveilleusement ses courbes admirables. Sa chevelure

épaisse, qui cascadait dans son dos, accentuait sa féminité.
Il dut faire un effort surhumain pour cacher son trouble.

— On a juste le temps pour une nouvelle leçon avant de
partir, déclara-t-il avec un coup d'œil délibéré à sa montre.

— De *partir*? s'étonna-t-elle en hésitant au bord du
bassin.

Zahir acquiesça d'un signe de tête tout en lui faisant
signe de descendre les marches.

— Oui. J'ai organisé l'étape suivante de notre voyage.
Vous vouliez voir la France, et ce n'est pas en restant trop
longtemps dans chaque endroit que vous le ferez.

Quoi qu'elle puisse dire, sa décision était prise. Il fallait
impérativement qu'ils changent de cadre. Le calme de la
campagne avait favorisé leur rapprochement. A présent, il
leur fallait du mouvement, voir des gens, visiter des villes.
Tout ce qui pourrait les tenir occupés et l'empêcher de
penser en permanence à la future épouse de son souverain…

Soraya laissa éclater sa joie devant les progrès accom-
plis. Zahir était vraiment d'une efficacité à toute épreuve.
La leçon s'était déroulée comme s'il ne s'était rien passé
la veille, à part la décharge électrique qu'elle ressentait
chaque fois qu'ils se touchaient.

S'appuyant contre le bord du bassin pour reprendre
son souffle, elle regarda son professeur sortir de l'eau,
fascinée par la puissance des muscles de son dos et de ses
bras. C'était vraiment le plus bel homme qu'elle ait jamais
vu ; elle aurait pu rester des heures à le contempler. C'est
alors qu'elle remarqua qu'il avait une petite cicatrice sur
le flanc. Elle ne put s'empêcher de l'interroger à ce sujet.

— J'ai reçu une balle de pistolet, répondit-il tout en
s'épongeant le visage de sa serviette.

Soraya le fixa avec effroi. L'imaginer dans le viseur
d'une arme à feu lui donna des palpitations.

— Remettez-vous. La blessure était superficielle.

— Comment est-ce arrivé ?

— J'étais le chef de la garde rapprochée de l'émir. Un jour, il a été victime d'une tentative d'assassinat, que j'ai déjouée en m'interposant entre lui et son agresseur.

— Mais comment avez-vous pu vous mettre ainsi en danger ? s'exclama-t-elle.

— C'était mon travail. Par ailleurs, Hussein est pour moi bien plus qu'un employeur. Il m'a soustrait à un père indigne lorsque j'étais enfant et m'a élevé comme son fils. Je lui dois tout, pas seulement mon travail mais également ma vie. Si j'étais resté dans le palais de mon père, je serais mort de maltraitance à n'en pas douter.

Elle le fixait avec des yeux écarquillés par l'incrédulité. Zahir lui avait confié que ses premières années avaient été tumultueuses, mais à ce point…

— Et votre mère ? parvint-elle à demander.

Il jeta sa serviette sur ses épaules.

— Je ne l'ai jamais connue. Elle est morte quand j'étais bébé. Il n'y avait personne pour s'inquiéter que je grandisse en sauvage, que je sois à la limite de la survie. Personne pour se soucier de moi car mon père ne m'avait jamais reconnu.

— Mais comment est-ce possible ? s'écria-t-elle.

Pour elle qui avait été élevée par un père aimant, ce tableau que Zahir brossait de son enfance était épouvantable.

— Ils n'étaient pas mariés, dit-il avec un haussement d'épaules. Ma mère était une de ses maîtresses. Une danseuse. Pourquoi se serait-il tracassé pour un morveux qui n'était même pas son fils légitime ?

Soraya ne connaissait que trop bien la souffrance d'être rejeté par un de ses parents. N'avoir l'amour ni d'un père ni d'une mère avait dû être doublement douloureux pour Zahir. Ces blessures secrètes ne faisaient que lui confirmer que, derrière le masque impassible, se cachait un homme capable d'émotions et de passion.

— Hussein m'a donné un foyer, continua-t-il de cette voix de basse qui la faisait frissonner. Il s'est occupé de moi, m'a élevé, a fait de moi ce que je suis. Je lui dois tout, à commencer par la loyauté. Je ne pourrai jamais le trahir.

Ces paroles éclairaient d'un jour nouveau son comportement. Pas étonnant que son visage ait exprimé un violent tourment intérieur lorsqu'il l'avait repoussée : en l'embrassant, il avait trompé l'homme qu'il aimait et admirait depuis l'enfance. Pour elle, Hussein n'était qu'un lointain bienfaiteur de la famille ; aussi la culpabilité qu'elle éprouvait était-elle insignifiante comparée à celle de Zahir.

En pensant à lui, à la souffrance qu'il avait endurée dans le passé, au mal qu'elle lui avait involontairement fait en acceptant son baiser, Soraya chancela. Quant à elle, écartelée entre devoir et désir, quel futur pouvait-elle espérer ? Aucune autre perspective qu'une vie d'obligations, malheureusement…

Il fut un temps où elle pensait qu'elle s'en contenterait, que tout ce dont elle avait besoin, c'était d'être émotionnellement indépendante. Puis, très récemment, elle s'était mise à envisager un avenir différent de celui qu'on lui avait tracé, où elle pourrait réaliser les rêves qu'elle avait osé échafauder à Paris. Un avenir qui prendrait en compte ses besoins et ses centres d'intérêt, pas seulement ceux de son pays, et où elle pourrait se réaliser professionnellement.

A présent, elle entrevoyait une autre voie, qui ne se réduirait pas à un métier ou au devoir. Pour la première fois de son existence, elle imaginait ce que pourrait être la vie avec un homme qu'elle aimerait, un homme qui enflammerait ses sens et comblerait son âme.

Un homme comme Zahir…

Hélas, tout cela n'était que chimères. Anéantie par la perspective de la vie qui l'attendait, Soraya dut s'agripper au bord pour récupérer.

— Il est temps d'y aller ! lança Zahir. N'oubliez pas que vous devez faire vos valises.

La leçon de natation avait été aussi éprouvante qu'il l'avait craint et l'évocation de ce qu'il devait à Hussein, au lieu de mettre fin à son attirance pour Soraya, n'avait fait qu'accroître son sentiment de culpabilité.

Cette femme occupait chacune de ses pensées, au point que c'en était devenu obsessionnel. Même avec son amour de jeunesse il n'avait pas éprouvé des sentiments aussi forts. Si seulement il s'était agi d'une simple attirance sexuelle, les choses auraient été plus simples ! Mais il avait l'impression qu'un lien indéfectible les unissait, qu'il la connaissait comme si elle faisait partie de lui.

Il mit sa serviette autour de son cou et jeta un coup d'œil par-dessus son épaule. Soraya n'avait pas bougé. Appuyée contre le bord du bassin, la tête inclinée, elle semblait reprendre son souffle.

— Soraya ? demanda-t-il, alarmé.

Elle ne leva pas la tête. Sa poitrine se soulevait et s'abaissait précipitamment, comme si elle avait fait une course de vitesse. Zahir fut frappé par sa pâleur. Elle semblait en proie à un grand désarroi. A cause de lui ? Son cœur se serra et, malgré sa résolution de ne plus la toucher, il lui tendit la main.

— Allons, princesse, fit-il d'un ton enjoué, il est temps de sortir.

— Ne m'appelez pas comme ça, je vous l'ai déjà dit ! s'exclama-t-elle.

Elle leva la tête. L'expression tourmentée de ses yeux le frappa, de même que les cernes bleuâtres qui contrastaient avec la blancheur laiteuse de son visage. Il remarqua alors ses traits tirés. Il n'y avait pas prêté attention lorsqu'elle était arrivée au bord de la piscine mais tout en elle trahissait une nuit sans sommeil. Même sa bouche, d'ordinaire pulpeuse et sensuelle, semblait crispée. Cela l'inquiéta.

— Que se passe-t-il ?

— Désolée, murmura-t-elle en secouant la tête et en

détournant le regard. Ce n'est rien. J'ai réagi de façon excessive.

— Parce que je vous ai appelée princesse ?

Elle ne répondit pas et, sans prendre la main qu'il lui tendait, se hissa tant bien que mal hors de l'eau. Il la vit frissonner, malgré le chaud soleil. Il l'enveloppa de sa serviette et lui frotta les bras à travers le tissu-éponge. Elle se laissa faire docilement, ce qui ne fit qu'accroître l'inquiétude de Zahir.

— Soraya, que se passe-t-il ? demanda-t-il de nouveau, effaré par son regard absent.

— Rien. Je vais bien.

Il lui décocha un regard à la fois grondeur et incrédule, tout en restant planté face à elle.

— Ma mère m'appelait comme ça, vous savez, finit-elle par dire en esquissant ce qui pouvait ressembler à un sourire. Du coup, quand j'étais gamine, je croyais vraiment que j'étais une petite princesse. En tout cas, que j'étais *sa* princesse.

La serviette glissa et elle la resserra autour de son buste.

— Ce qui montre bien à quel point les enfants sont crédules, n'est-ce pas ? ajouta-t-elle d'une voix éteinte. Car ma mère ne devait pas beaucoup tenir à sa *princesse* pour m'abandonner sans hésiter au profit de son dernier amant en date.

Un frisson la parcourut et Zahir dut se retenir pour ne pas la prendre dans ses bras. Elle paraissait tout à coup si fragile !

— La dernière fois qu'elle m'a appelée princesse, c'est le jour où j'ai failli me noyer. Dernièrement, j'ai découvert que c'était le jour où elle nous avait quittés, mon père et moi.

La souffrance qu'il lisait sur les traits tendus de la jeune femme lui tordait le cœur. Il aurait donné un bras pour qu'elle retrouve le sourire.

— J'aurais dû me souvenir de cette leçon, murmura-t-elle.

— Quelle leçon ?

— Il ne faut jamais trop en demander.

Elle tourna les talons, une expression d'infinie tristesse au fond des prunelles. Zahir eut l'impression de recevoir un coup de couteau en plein cœur.

10.

Zahir avait vraiment bien fait les choses. Au fil des étapes de l'itinéraire qu'il avait établi, Soraya allait de découverte en découverte, et la présence de son compagnon rendait le voyage idyllique. Partout, il s'était montré agréable, drôle, attentionné. Monter à cheval en Camargue, déguster une bouillabaisse dans un restaurant au bord de la Méditerranée, visiter un champ de lavande et une parfumerie à Grasse : tout avait été un enchantement de chaque seconde.

En repensant à ces semaines passées avec Zahir, la nostalgie saisit Soraya. Malgré leur vigilance pour éviter tout dérapage, elle était plus que jamais sous son charme. Qu'il ait mis de la distance entre eux et ne l'ait plus touchée, même durant leurs leçons de natation, n'avait fait qu'exacerber son désir. Son contact, ses bras vigoureux autour d'elle lui manquaient terriblement.

Avec un soupir, elle s'accouda au bastingage du yacht et contempla les lumières de Monte-Carlo, qui brillait de mille feux. L'eau, qui reflétait la ville illuminée grimpant à l'assaut des collines, scintillait de reflets d'or et d'argent. Tout respirait le luxe, depuis les bateaux de plusieurs millions de dollars amarrés dans la marina jusqu'à la soirée privée qu'elle venait de déserter pour prendre l'air.

Serait-ce la vie qu'elle mènerait lorsqu'elle serait l'épouse de l'émir Hussein ? Une vie de faste et d'opulence ?

Si seulement cette perspective avait pu l'enthousiasmer ! Beaucoup de femmes auraient été ravies d'être immensément riches, pas elle. Pour Zahir, la question ne se posait certainement pas. Il vivait depuis longtemps dans l'aisance et se sentait visiblement comme un poisson dans l'eau au milieu de ces diplomates, têtes couronnées et célébrités. Quel chemin parcouru : le petit garçon livré à lui-même était à présent un homme solide et sûr de lui, qui avait fait ses preuves.

Il était, de plus, dévoué corps et âme à son souverain, loyauté à toute épreuve qui constituait un obstacle majeur à leur histoire d'amour.

Quelle ironie de penser qu'elle, qui s'était crue immunisée contre l'amour, était tombée follement amoureuse d'un homme inaccessible ! Maintenant qu'elle savait ce qu'aimer voulait dire, la perspective de son mariage arrangé lui était tout simplement insupportable. Mais tout ce qu'elle pouvait faire, à présent, c'était emmagasiner des souvenirs avec Zahir, en espérant qu'ils pourraient la réconforter lorsqu'elle se donnerait à un autre homme.

Désespérée, elle agrippa le bastingage. Si seulement les circonstances avaient été différentes...

Soudain, une voix vint interrompre le cours de ses pensées :

— Que faites-vous ici quand la fête bat son plein là-haut ?

Zahir s'arrêta à quelques pas de la jeune femme, fasciné. Vêtue d'une robe longue couleur grenat, Soraya était incroyablement séduisante. Sa toilette pouvait paraître modeste comparée aux tenues des personnalités mondaines invitées à la soirée, mais la façon dont elle mettait ses formes en valeur ne lui rappelait que trop le corps sublime qui le tentait à chaque leçon de natation. Les images qui surgirent dans son esprit étaient si évocatrices que sa virilité réagit aussitôt.

Plus d'un homme avait jeté sur Soraya un regard de convoitise et Zahir s'était évertué à faire comprendre qu'elle n'était pas libre pour éviter les avances importunes.

Pas libre *car promise à Hussein*, il ne devait pas l'oublier.

— J'avais envie d'un peu de calme, dit-elle en se retournant à demi.

A ces mots, Zahir se figea, inquiet. Il avait vu Soraya enthousiaste, joyeuse, indignée, furieuse, mais jamais indifférente. Que lui arrivait-il? S'ennuyait-elle? Peut-être n'aimait-elle pas les mondanités. A vrai dire, s'il avait planifié cette soirée, c'était surtout pour éviter la tension d'un tête-à-tête avec Soraya.

— Vous ne vous amusez pas?

— La fête est très réussie. Merci de m'y avoir emmenée, répondit-elle, d'une voix qui manquait terriblement d'enthousiasme. Il y a tellement de personnes intéressantes. Et beaucoup de célébrités. Et je n'en ai jamais vu autant de ma vie.

— Mais…?

Elle secoua la tête, faisant gracieusement virevolter ses longues tresses dans son dos dénudé. Ce soir, il aurait préféré qu'elle garde les cheveux attachés en chignon. C'était peut-être ridicule, mais il ne supportait pas les regards que les hommes jetaient sur elle. Nul doute qu'ils devaient l'imaginer en train de faire l'amour, sa chevelure soyeuse ondulant sur ses épaules. Ce qui n'avait rien d'étonnant : avec sa beauté et son charme, elle aurait fait fantasmer n'importe quel mâle normalement constitué. Y compris lui, songea-t-il, honteux.

— Mais notre vol entre Rome et Bakhara n'est que dans quelques jours, fit-elle d'une voix rauque qui le bouleversa. J'ai besoin de temps pour me faire à cette idée.

— Je sais qu'Hussein vous attend avec impatience.

Si son mentor savait quelle femme ravissante elle était devenue, nul doute qu'il aurait hâte qu'elle arrive !

Soraya inclina la tête comme en signe d'assentiment, mais ses mains cramponnées au garde-corps disaient bien la tension qui l'habitait.

— Est-ce que ça va? insista Zahir.

— Mais oui, affirma-t-elle en levant le menton, le regard fixé sur les lumières de la ville. Tout va bien.

Il n'en était pas si sûr. Il avait appris à identifier cette façon de lever le menton comme un mécanisme de défense.

— Dites-moi quel est le problème, murmura-t-il.

En réalité, il le savait parfaitement. Soraya ressentait la même chose que lui. Il ne fallait pas être sorcier pour le deviner même s'ils pratiquaient tous deux, depuis des semaines, la politique de l'autruche.

— Je ne veux pas rentrer, lâcha-t-elle enfin dans un souffle. Je ne veux pas…

Sa voix se brisa et elle déglutit péniblement. Zahir fut remué au plus profond de son être en la voyant si vulnérable. Il ne put s'empêcher de se placer derrière elle, sans la toucher, comme s'il voulait la protéger de son corps.

— Que ne voulez-vous pas ?

Il retint son souffle tandis qu'elle laissait échapper un profond soupir.

— Je ne veux pas épouser l'émir Hussein.

Ces paroles lui firent l'effet d'une bombe et une vague d'allégresse le submergea, qu'il s'efforça aussitôt de réprimer. Zahir brûlait de demander à Soraya pourquoi elle ne voulait pas de ce mariage mais il s'abstint. Mieux valait ne pas s'aventurer sur un terrain glissant. Et puis tromper la confiance d'Hussein ferait de lui un traître au même titre que son père. Dans le même temps, Soraya ne récolterait que honte et déshonneur public.

Le corps tendu à l'extrême, la gorge nouée, Zahir avait l'impression que sa poitrine allait exploser tant il éprouvait de la difficulté à respirer. Le silence s'étirait entre eux. Un seul mot pouvait faire des ravages irréparables. L'air était lourd de tension.

— Pourquoi l'épouser, alors ? demanda-t-il enfin.

— Parce que je l'ai promis, murmura-t-elle.

— Et vous ne pouvez manquer à votre parole.

Ce n'était pas une question mais l'affirmation qu'elle avait, tout comme lui, des valeurs auxquelles ils se devaient d'être fidèles. Zahir n'avait jamais rompu une promesse. Il connaissait la valeur d'un engagement, surtout lorsqu'il impliquait l'homme qui avait fait de lui ce qu'il était aujourd'hui. Si seulement cela pouvait l'aider à résister à la tentation ! Jamais elle n'avait été aussi forte.

— En effet. Il est de mon devoir de l'épouser.

Le *devoir*. Un mot que Zahir connaissait bien, lui aussi. S'il n'avait pas fait partie intégrante de sa personnalité, il ne se serait pas évertué à maintenir une distance entre Soraya et lui. Mais si le devoir lui interdisait de la toucher, il ne l'empêchait pas de percevoir la chaleur de son corps, de humer l'odeur de sa peau et de ses cheveux.

— Je me suis engagée envers l'émir et envers mon père. Je leur dois énormément et c'est ce qu'ils veulent tous les deux.

— Est-ce que votre père vous a forcé la main ?

— Non. Mon père est la gentillesse même. Il ne m'obligerait jamais à faire quoi que ce soit.

— Alors, pourquoi avoir accepté ?

Elle se retourna et soudain, ils se retrouvèrent face à face, tellement près l'un de l'autre que leurs lèvres se touchaient presque. Zahir voulut reculer mais ses pieds refusèrent de lui obéir. Alors, il enfonça les mains au fond de ses poches pour ne pas être tenté de la toucher.

Soraya leva vers lui son beau visage ovale.

— J'avais quatorze ans, Zahir.

— Si jeune ? demanda-t-il en fronçant les sourcils, étonné.

En dépit des coutumes ancestrales de son peuple, des fiançailles aussi précoces n'étaient plus la norme depuis longtemps. A quoi pensait donc Hussein quand il avait avalisé cette union ? A l'idée qu'il ait pu être attiré par une adolescente à peine pubère, Zahir eut un haut-le-cœur. Mais la longue période des fiançailles démentait ce soupçon. Quoi qu'il en soit, ce mariage arrangé était bizarre : pourquoi Hussein n'avait-il pas choisi une femme plus ou moins de son âge ? Pourquoi attendre dix ans avant de se marier ?

La Constitution stipulait que l'émir de Bakhara devait être marié, mener une vie de famille et envisager d'avoir des héritiers. Heureusement pour Hussein, des fiançailles officielles engageaient autant qu'un mariage, donc personne ne l'avait pressé de se remarier lorsque sa femme bien-aimée était morte. Avait-il choisi des fiançailles précoces pour conserver le pouvoir tout en se résignant à son statut de veuf ? Peut-être avait-il décidé qu'il ne remplacerait jamais son épouse disparue. Mais dans ce cas, pourquoi faire rappeler Soraya ? Et pourquoi, dix ans plus tôt, avait-elle donné son accord ?

— Vous vouliez être reine, j'imagine, hasarda-t-il.

Elle secoua la tête, ce qui fit scintiller ses pendants d'oreilles et attira le regard de Zahir sur sa gorge. Il dut faire un effort terrible pour ne pas tendre la main et caresser cette peau délicate.

— Non, dit-elle lentement, même si le prestige de la royauté était particulièrement fascinant. En fait, je m'étais dit qu'en tant que reine, je pourrais être utile à mes concitoyens.

Elle eut une moue désabusée, comme si ses motivations d'alors lui paraissaient à présent dérisoires.

— C'est très louable. Mais à part ça, insista-t-il, pourquoi avez-vous consenti au mariage ? Pour l'argent ? Le prestige ?

— Zahir !

Au cri poussé par Soraya, il se rendit compte qu'il lui avait machinalement attrapé le bras et le serrait comme avec un étau. Il relâcha aussitôt son étreinte.

— Désolé, s'excusa-t-il. Alors, pourquoi avoir dit oui ?

— Parce que Hussein avait sauvé la vie de mon père.

Zahir ne put retenir un ricanement en même temps qu'il levait les yeux au ciel. Il était bien placé pour connaître la générosité d'Hussein, aussi la réponse de Soraya ne l'avait-elle pas surpris. Non seulement il l'avait sauvé lorsqu'il était enfant, mais il lui avait toujours accordé sa confiance, sans tenir compte du fait qu'il était le fils d'un traître.

— De quelle façon ? demanda-t-il.

— Mon père avait une maladie rénale. Il avait besoin d'une greffe mais vous savez comme la liste d'attente est longue.

Zahir fit oui de la tête. Le don d'organes était encore récent à Bakhara, et convaincre les gens de s'inscrire au registre des donneurs était un dur combat.

— Il serait mort s'il avait dû attendre, continua-t-elle d'une voix tremblante. J'étais trop jeune pour lui donner un rein, ce que d'ailleurs il ne m'aurait pas autorisée à faire. L'émir a déclaré qu'il devait à mon père et son trône et sa vie. Apparemment, quelques années auparavant, plusieurs chefs tribaux avaient fomenté une insurrection. Ils avaient tenté de destituer Hussein pour le remplacer par un des leurs.

— Je sais, lâcha Zahir d'une voix blanche.

Il fit une pause ; les mots lui écorchaient la langue.

— Mon père faisait partie des rebelles, laissa-t-il tomber avec dégoût.

— Vraiment ? Vous ne lui ressemblez absolument pas, en tout cas.

— Que voulez-vous dire ? Vous ne l'avez pas connu.

— Mais *vous,* je vous connais, Zahir.

La façon dont elle prononça son prénom fut une caresse qui apaisa la morsure de la honte qu'il ressentait chaque fois qu'il se souvenait des forfaits de celui dont le sang coulait dans ses veines.

— Je sais que vous êtes un homme d'honneur, poursuivit-elle avec un sourire mélancolique. Un homme qui prend ses responsabilités au sérieux. Je sais aussi que jamais vous ne négligeriez un de vos enfants.

— C'est évident, répondit-il en songeant à tout ce qu'il

restait à faire pour protéger les droits des enfants et aider tous ceux qui en avaient besoin dans sa province.

— Je vous ai vu avec ce bambin, dit Soraya en posant les doigts sur les siens. Vous ne vous êtes pas contenté de le sauver, vous l'avez tenu contre vous et réconforté jusqu'à ce que sa mère soit en état de le prendre dans ses bras. Puis vous vous êtes assuré que les autres allaient bien, en particulier la jeune Lucie, qui se reprochait de n'avoir pas remarqué que son frère n'était plus là. Vous vous êtes montré doux et compréhensif.

— N'importe qui aurait fait la même chose, fit-il remarquer d'une voix sourde.

La main de Soraya sur la sienne le mettait dans tous ses états. Il avait eu tellement envie de ce contact… Pourtant, ne pas le briser, c'était jouer avec le feu…

— Pas n'importe qui, non. Surtout quand le petit s'est mis à vomir partout, ajouta-t-elle avec un sourire enchanteur. Vous savez vraiment vous y prendre avec les enfants. Vous serez un merveilleux père.

Elle retira sa main et s'entoura de ses bras ; avait-elle froid, malgré la douceur de l'air ? L'expression torturée de son visage trahissait un tourment et Zahir dut se faire violence pour ne pas la prendre dans ses bras.

— Pour en revenir à mon histoire, reprit-elle vivement, lorsque le soulèvement s'est produit, mon père s'est rangé du côté de l'émir. Il se trouvait avec lui quand le palais a été pris d'assaut et a été blessé en le protégeant. Finalement, tout est rentré dans l'ordre. Hussein disait toujours que mon père lui avait sauvé la vie et avait préservé la paix de la nation.

— J'ai entendu cette histoire, mais je n'avais pas pris conscience qu'il s'agissait de votre père.

— C'était il y a longtemps, dit Soraya en haussant les épaules, et je ne pense pas que ni l'un ni l'autre aiment en parler. Par la suite, quand mon père est tombé malade, Hussein a fait quelque chose de vraiment extraordinaire : il a donné un rein pour le sauver.

Zahir fut stupéfait d'apprendre cette nouvelle. Cela avait dû se produire l'année où il était parti étudier aux Etats-Unis.

— Je l'ignorais totalement. L'événement ne s'est pas ébruité car je n'en ai pas entendu parler.

— Depuis ce jour, mon père voue à Hussein une reconnaissance sans bornes. Aussi mon père s'est-il montré ravi lorsqu'il a demandé ma main. Il savait que j'épouserais le meilleur des hommes.

Il ne put qu'approuver d'un signe de tête, même si imaginer Soraya avec Hussein lui déchirait les entrailles.

— Vous voyez, ajouta-t-elle d'une voix lasse, j'ai toutes les raisons de l'épouser et aucune de refuser.

— Sauf que vous n'êtes pas amoureuse de lui.

— Non, admit Soraya sans le regarder. Je ne suis pas amoureuse de lui.

A ces mots, Zahir sentit son cœur se gonfler d'un espoir absurde — l'amour n'avait rien à voir avec cette union, il le savait.

— Mais c'est un homme bien, un homme honnête, reprit-elle. Je lui dois la vie de mon père. Sans Hussein, je serais orpheline depuis longtemps.

— Et donc, vous payez votre dette envers lui.

Elle acquiesça d'un signe de tête.

Elle n'avait guère d'autre choix, en effet, à moins de se mettre au ban de la société, de devenir une paria, même pour sa famille. Pour sa part, il n'avait d'autre choix que d'accomplir son devoir et de ramener Soraya à son souverain. Sa loyauté envers lui et l'amour qu'il lui portait lui interdisaient d'influer sur l'état d'esprit de Soraya.

— Et vos rêves ? Vos ambitions professionnelles ? ne put-il néanmoins s'empêcher de demander.

Maintenant qu'il était au courant de ses travaux, il savait qu'elle aspirait à autre chose qu'à faire de la figuration à la table royale et lors de cérémonies officielles.

— Mes rêves ont changé, dit-elle avec son petit sourire

mélancolique. Quand j'étais jeune, j'avais l'ambition démesurée d'aider notre nation. A présent…

Elle secoua la tête.

— … à présent, j'ai les qualifications pour entreprendre quelque chose de vraiment utile pour notre pays. J'espère que l'émir me permettra de mettre ces compétences au service d'innovations techniques. Nous avons par exemple les ressources et le savoir-faire pour apporter l'électricité aux régions les plus reculées de Bakhara.

— Est-ce la seule chose que vous désirez ? Le bien d'autrui ?

Un voile de tristesse assombrit le regard de Soraya ; Zahir aurait voulu l'arracher, mais c'était impossible…

— A Paris, j'avais commencé à rêver d'un futur différent, confia-t-elle. Où ce serait à moi de choisir ma vie. Je poursuivrais ma carrière, volerais de mes propres ailes, ferais mes propres erreurs. Je me suis rendu compte à quel point c'était chouette de se faire des amies en fonction de ses affinités. Jusque-là, je fréquentais des jeunes filles soit parce qu'elles appartenaient à des familles convenables, soit parce que nous faisions les mêmes études. Je me suis découvert un faible pour les débats philosophiques, la musique pop et les chaussures originales. Rien d'extraordinaire ou d'important, somme toute.

Sauf que Zahir savait que pour elle, il était primordial de pouvoir choisir sa voie. Il n'avait pas oublié ce qu'elle lui avait dit un soir, dans la nuit provençale : que rien n'était plus important que la liberté. Or, elle devrait bientôt renoncer à la sienne.

— Et vous, Zahir ? Quels sont vos rêves ?

Ses rêves ? Pourquoi lui semblaient-ils moins vivaces qu'avant ?

— Hussein m'a nommé gouverneur de notre province la plus grande, celle que mon père a administrée en despote pendant des années. Ma tâche sera de la faire prospérer.

Etrangement, il ne ressentait plus aucun plaisir à l'idée du défi qui l'attendait, aucune satisfaction de savoir qu'il allait réparer les déprédations commises par son père, aucune fierté de se dire qu'Hussein l'estimait et lui faisait confiance au point de lui confier cette charge importante.

Seule Soraya avait de l'importance, à présent.

Il chercha son regard et, lorsque leurs yeux se rencontrèrent, quelque chose naquit entre eux. Une entente, une évidence, une énergie, une émotion qu'il n'osait pas nommer. Une onde bienfaisante circulait entre eux. Le besoin de toucher Soraya se fit si pressant que Zahir recula précipitamment.

— Je dois aller parler à notre hôte, dit-il brusquement.

— Zahir ?

Il arrêta son mouvement, le cœur battant.

— Oui ?

— Je prends la bonne décision, n'est-ce pas ?

Il tourna la tête et le regard de Soraya, celui d'une noyée qui espère une bouée, l'atteignit comme un uppercut. Le souffle court, il chercha la bonne réponse mais n'en trouva aucune qui puisse satisfaire à la fois sa conscience et son désir.

— Vous respectez votre engagement, finit-il par dire d'une voix sourde.

Puis il s'éloigna, la mort dans l'âme, conscient pour la première fois de son existence que l'honneur ne suffisait peut-être pas à guider une existence.

11.

Soraya arpenta la luxueuse suite de l'hôtel romain où Zahir et elle étaient descendus, insensible à la vue qui s'offrait à elle. Rome, ses sites historiques, ses charmantes ruelles tortueuses, et surtout ses habitants, pleins de vie et d'énergie. Quelques semaines auparavant, elle aurait été enchantée de découvrir cette ville mythique et fascinante ; aujourd'hui, elle ne pensait qu'à une seule chose : Rome était la dernière étape de leur voyage.

La fin de sa liberté.

La fin du temps passé avec Zahir.

Demain, ils devaient monter à bord d'un jet royal qui les emmènerait à Bakhara.

Elle eut l'impression que son cœur s'arrêtait de battre. Demain, elle serait face à l'homme qui allait devenir son mari. Elle se retrouvait dans le même état de panique que lorsque Zahir lui avait appris l'objet de sa venue.

Zahir...

Il lui suffisait de fermer les yeux pour vivre de nouveau la tendresse et la fougue de leur baiser, qui avait fait voler en éclats toutes les certitudes derrière lesquelles elle se cachait, et lui avait fait prendre la mesure de son désir et de son amour.

Elle n'avait eu aucun mal, au début, à se convaincre qu'elle ne pourrait pas tomber amoureuse de quelqu'un d'aussi distant et autoritaire. Mais l'homme odieux qu'elle avait rencontré à Paris n'était pas le véritable Zahir. Celui qu'elle avait découvert était loin d'être une brute. Patient, attentionné, chaleureux, généreux, il l'avait gentiment accompagnée dans tous les endroits qu'elle avait eu envie de visiter, l'avait efficacement prise en main pour lui apprendre à nager jusqu'à ce qu'elle sache se débrouiller. En un mot, il avait été le compagnon idéal, même s'il avait délibérément mis de la distance entre eux. Mais il avait beau tout faire pour dissimuler ses sentiments, ses regards étaient plus éloquents qu'une déclaration enflammée.

Leur amour était impossible, et cette idée lui était intolérable.

Elle allait épouser un homme qu'elle n'avait pas choisi et, même s'il avait sauvé son père, même s'il lui avait fait un immense honneur en la demandant en mariage, même s'il avait été un mari fidèle et aimant pour sa première épouse, même si elle était sûre qu'il la respecterait et la chérirait, elle savait à présent que ce n'était pas suffisant.

Pourquoi devrait-elle renoncer *complètement* à l'amour ?

S'il était hors de question qu'elle propose à Zahir de s'enfuir avec elle, et de trahir par là l'homme qu'il considérait comme son père, était-ce trop demander que de vouloir un avant-goût de ce rêve interdit ? Etait-ce si insensé d'avoir envie de connaître, ne serait-ce qu'une fois, la félicité dans les bras de l'homme aimé ?

Une nuit, une seule nuit d'amour pour lui permettre de supporter ensuite une vie qui s'annonçait vide et désolée…

Zahir n'était pas encore rentré dans la suite que déjà il déboutonnait les poignets de sa chemise. Il avait besoin d'une douche froide. Ou mieux : d'aller passer deux heures dans la salle de sports de l'hôtel puis de prendre une douche froide. Même s'il savait d'avance que cela ne servirait pas à grand-chose : quoi qu'il fasse, il avait Soraya dans la peau.

Il s'arrêta brusquement sur le seuil de sa chambre.

— Soraya !

Elle était allongée sur son lit, en peignoir de soie. La douce lumière d'une lampe de chevet soulignait ses formes sensuelles, et ses longs cheveux défaits ondulaient en vagues sombres sur ses épaules. Aussitôt, sa gorge se noua et il eut l'impression que tout le sang refluait de son visage.

— Qu'est-ce que… que faites-vous dans cette tenue ? demanda-t-il d'une voix rauque.

Elle ne répondit pas, se contentant de tripoter sa ceinture. De toute évidence, elle ne portait rien sous son peignoir.

Les sens en émoi, les tempes bourdonnantes, Zahir ne put refréner l'onde de chaleur qui se répandait dans tout son corps. Son excitation était à son comble. Sa respiration s'accéléra. Il fit un pas vers Soraya et le regard qu'ils échangèrent témoignait de l'incroyable alchimie qui existait entre eux.

Il fit un effort surhumain pour ne pas tendre les mains vers les pointes de ses seins, dressées sous le léger tissu comme une invitation. L'envie de posséder non seulement son corps, mais également son âme et son cœur, était si forte qu'il en tremblait.

— Vous n'avez rien à faire ici, dit-il d'un ton presque suppliant.

— C'était plus fort que moi, répondit-elle d'une voix nouée par l'émotion.

Toutes ces nuits où il avait rêvé qu'elle vienne le retrouver… Tous ces matins où il s'était réveillé bourrelé de remords pour n'avoir pas su dompter ses fantasmes…

Il n'arrivait pas à détacher ses yeux de Soraya, qui tremblait — et il savait que ce n'était ni de froid ni de peur.

— J'ai envie de faire l'amour avec vous, Zahir, déclara-t-elle subitement. S'il vous plaît.

Il resta cloué sur place.

Partagée entre la peur et l'espoir, Soraya s'arma de ce qui lui restait de courage pour aller vers lui. Elle était si près qu'elle sentit la chaleur de son corps l'envelopper, mais Zahir restait immobile et muet.

Elle n'avait pas l'intention d'abdiquer aussi facilement.

Avec une audace dont elle ne se serait pas crue capable, elle tendit le bras et lui prit la main, qu'elle plaça sur sa poitrine. Aussitôt, les doigts de Zahir s'arrondirent autour de son sein et elle se laissa aller contre lui, ivre de sensations inconnues. Une onde d'excitation se propagea dans tout son corps jusqu'à son bas-ventre, là où s'exacerbait son désir.

La main de Zahir accentua sa pression à travers la soie et Soraya laissa échapper un gémissement, tandis qu'une vague de plaisir la parcourait tout entière. Elle se hissa sur la pointe des pieds pour l'embrasser mais, au dernier moment, il se détourna et ses lèvres rencontrèrent la peau rugueuse de sa joue mal rasée. Puis il lui saisit les deux bras et la repoussa vigoureusement. Ses yeux avaient l'éclat du silex.

— Ne faites pas ça, Soraya.

— Je vous en prie, Zahir. Je vous aime. Je pensais que…

— Que *quoi* ? demanda-t-il d'un ton courroucé en arpentant nerveusement la pièce. Comment avez-vous pu envisager de venir dans ma chambre dans cette tenue ?

Gagnée par le désespoir, Soraya ne s'avoua pas vaincue pour autant. Résolue à jouer le tout pour le tout, elle s'approcha de Zahir et entreprit de dénouer la ceinture de son peignoir.

— Que faites-vous ?

— Je vous montre que je n'ai pas agi sur un coup de tête. Je suis sincère, Zahir. Je vous aime. Je ne peux pas affronter l'avenir sans connaître, ne serait-ce qu'une fois, la félicité de vous appartenir.

Ses doigts tremblants vinrent à bout de sa ceinture et son peignoir glissa sur sa peau, qui frémit comme sous l'effet d'une caresse.

Elle était nue face à Zahir.

Elle leva le menton pour se donner du courage. Elle se sentait faible et vulnérable, mais en même temps remontée et libérée du poids du devoir et de la peur du futur.

Le regard de Zahir se fit concupiscent, faisant pulser la chair impatiente entre ses jambes. Levant alors une main, elle la plaça sur son torse. Le cœur de Zahir battait aussi vite que le sien. Oui, un même feu les consumait ; son appréhension s'évanouit aussitôt.

Soudain, il prit sa main et la rejeta d'un geste brusque.

— Arrêtez ! s'écria-t-il.

Soraya s'immobilisa puis recula d'un pas, frappée de stupeur devant le changement de physionomie de son compagnon. Son visage était crispé par la colère, ses yeux lançaient des éclairs et sa bouche affichait une moue dédaigneuse.

— Ne vous imaginez pas que vous pouvez venir me tenter dans ma chambre comme une… comme une *putain* et m'inciter à trahir Hussein !

Surprise par la violence de sa réaction, Soraya courba instinctivement le dos en rentrant les épaules, comme si elle recevait des coups de fouet.

— J'avais une plus haute opinion de vous, Soraya. Comment avez-vous pu envisager de passer des bras d'un amant à ceux d'un mari ? Rhabillez-vous et filez dans votre chambre !

Il se dirigea vers la porte, qu'il ouvrit d'un coup sec, sans lui avoir adressé le moindre regard. Le cœur au bord des lèvres, son excitation retombée d'un seul coup, Soraya ramassa son peignoir et sortit, tête basse. La porte claqua derrière elle.

Après la tempête qu'elle avait essuyée, Soraya accueillit le calme de sa chambre avec soulagement. Toutefois, les paroles de Zahir résonnaient encore dans ses oreilles.

Putain. Il l'avait traitée de *putain* !

Etouffant un gémissement, elle porta une main tremblante à sa bouche, mortifiée. Sans prévenir, un vertige la gagna, ses jambes se dérobèrent et elle s'affaissa sur la moquette.

**
*

Zahir reprit le chemin de l'hôtel à travers les rues désertes. Pendant des heures, il avait arpenté la ville pour s'abrutir, mais l'image de Soraya ne cessait de le hanter. Soraya nue, s'offrant à lui, comme s'il était digne d'un tel don. Soraya tressaillant sous l'avalanche de paroles méprisables qu'il lui avait jetées à la figure dans un réflexe de défense, alors que son seul désir était de se fondre en elle. Comment avait-il pu la traiter ainsi ? Rien que d'y penser, il en était malade. Il irait lui présenter des excuses dès son réveil ; mais pourrait-elle lui pardonner ?

Arrivé dans le hall de l'hôtel, il vacilla, en proie à une multitude d'émotions tumultueuses. La tristesse, le chagrin, la honte et un désir inextinguible l'étourdirent, au point qu'il dut chercher un appui pour se ressaisir.

Le cœur lourd, il pénétra dans la suite. Il y avait de la lumière et, à la pensée que Soraya pouvait être là, son pouls s'affola.

La porte de sa chambre était ouverte et les lampes étaient allumées. Etait-il possible qu'elle soit revenue dans son lit ? Non, la pièce était vide. Il poussa un soupir de soulagement — ou peut-être de regret ?...

Il revint dans le vestibule avec l'intention d'éteindre dans le reste de la suite lorsqu'il remarqua que la porte de Soraya était grande ouverte.

Il s'approcha, intrigué. Tout ce qu'il vit fut le peignoir de soie de la jeune femme, jeté en travers du lit. Il le ramassa et respira le parfum de fleurs sauvages qui s'en dégageait. Au toucher, le tissu était froid.

Gagné par l'inquiétude, il frappa à la porte de la salle de bains et, n'obtenant pas de réponse, l'ouvrit d'un geste brusque. Là encore, la pièce était vide.

Il se mit alors à inspecter chaque recoin de la suite, allant jusqu'à tirer les rideaux et ouvrir les placards. Soraya resta introuvable. Lorsqu'il eut vérifié, auprès de la réception, qu'elle ne lui avait laissé aucun message, son inquiétude s'était transformée en angoisse.

Retournant dans la chambre de la jeune femme, il

passa ses affaires en revue : valise, vêtements, sac à main, ordinateur portable, rien ne manquait, pas même son passeport ou son téléphone.

Vingt minutes plus tard, il avait fouillé tous les recoins de l'hôtel, en pure perte.

Où diable Soraya Karim était-elle passée ?

A cette heure-ci, les honnêtes gens ne traînaient pas dans les rues. Errait-elle seule et sans défense dans une ville qu'elle ne connaissait pas, en proie au désespoir ?

Une panique teintée de culpabilité s'infiltra insidieusement dans ses veines. Soraya avait disparu et c'était sa faute. Comment avait-il pu lui parler de façon aussi cinglante, aussi méprisante ? Il était impardonnable.

Si jamais il lui arrivait quelque chose…

Soraya marchait d'un pas lourd et mécanique. Elle ne devait pas être bien loin de l'hôtel mais elle ne savait pas trop quel chemin prendre. Quelle importance, après tout ? Elle n'avait aucune envie d'y retourner.

Pourtant, il lui fallait faire face à son destin.

Elle eut un rire amer. Elle s'était accommodée de son mariage arrangé, puis l'avait oublié, puis l'avait maudit de lui ravir une liberté à laquelle elle avait pris goût à Paris. Elle en était venue à penser que rien n'était pire qu'une telle union. A présent, elle savait que le comble du désespoir, c'était d'épouser un homme alors que son cœur était pris, et d'être méprisée par l'homme qu'elle aimait pour s'être offerte à lui.

Les paroles de Zahir tourbillonnaient sans relâche dans son cerveau. Elle en tremblait. En titubant, elle s'appuya contre un mur de pierre. Tout tournait autour d'elle. Son esprit était tellement embrumé qu'elle ne se rappelait ni s'être habillée ni avoir quitté l'hôtel, encore moins depuis combien de temps elle était sortie pour errer comme un zombie dans les rues.

Elle se souvenait d'être restée un long moment à contempler une fontaine d'un air absent, puis d'une dame qui l'avait accueillie chez elle et lui avait donné un remontant. Il lui fallait maintenant retrouver le chemin de l'hôtel. Elle frémit à l'idée qu'elle allait devoir affronter les reproches de Zahir, mais elle n'avait pas le choix. De toute façon, ce ne serait rien à côté de tout ce qu'il lui avait dit…

Allons, elle ne pouvait rester là ! Rassemblant ses forces, elle se remit en route. Elle n'avait pas fait un mètre lorsqu'elle vit une silhouette arriver dans sa direction. Un homme, grand de taille, qui avançait d'un pas résolu.

Aussitôt elle recula, le cœur battant. Malgré l'état d'hébétude où elle se trouvait, elle crut reconnaître…

— Soraya !

Elle ne s'était pas trompée, c'était bien Zahir. Il courut droit sur elle et, avant qu'elle ait eu le temps de réagir, il l'avait attrapée par les épaules.

— Est-ce que ça va ? demanda-t-il tout en lui effleurant les épaules, les bras et le visage, comme pour s'assurer qu'elle était entière.

— Ne me touchez pas !

— Dites-moi qu'il ne vous est rien arrivé.

Sa voix contenait un accent de panique. Il avança vers elle et, dans la semi-pénombre, elle eut du mal à le reconnaître. Il semblait avoir vieilli de dix ans. Il tendit une main et repoussa la mèche de cheveux qui lui barrait la moitié du visage. Ses doigts tremblaient. Elle en fut retournée.

— Je vais bien, répondit-elle, nouée par l'émotion. Ne vous en faites pas, vous n'avez pas besoin de vous salir les mains en me touchant.

Elle ne devait pas se faire d'illusions : s'il s'inquiétait, ce n'était pas qu'il se souciait d'elle mais parce que son satané *devoir* était de la ramener saine et sauve à bon port.

— Soraya. Je suis désolé, dit-il d'un air contrit.

Puis, sous ses yeux médusés, il s'agenouilla. Alors, lui saisissant les doigts, il se mit à couvrir de baisers le dos de chacune de ses mains. Elle n'en revenait pas. Comment expliquer un tel changement ?

— Je suis désolé, répéta-t-il en la regardant droit dans les yeux. Ce que je vous ai dit est impardonnable, et complètement faux. Si je vous ai accablée, c'est parce que je me suis senti flancher. J'étais à deux doigts de renier mes principes, de manquer à mes devoirs, de trahir ma loyauté. J'ai pris peur.

Il secoua la tête, sans pourtant la quitter du regard.

— Je vous désirais tellement — je vous *désire* tellement — que vous voir ainsi offerte était une véritable torture.

Le cœur de Soraya manqua un battement ou deux.

— Vous me… désirez ? balbutia-t-elle.

— Comment ne pas vous désirer ? J'ai eu envie de vous dès l'instant où je vous ai vue dans cette boîte de nuit. Vous occupez mes pensées le jour, vous hantez mes rêves la nuit. Pourrez-vous jamais me pardonner ? Vous traiter de… C'était pour me protéger.

Sa voix se brisa et il lui embrassa la paume des mains avec ferveur. Aussitôt, sa chair prit feu ; ses genoux tremblaient si fort qu'elle crut qu'elle allait défaillir. Etourdie, submergée par l'émotion, elle étreignit les mains de Zahir, puisant dans le courant d'énergie qui circulait entre eux la force de rester debout.

Alors il se leva, puis, la dévisageant avec une expression qui la fit fondre, il prit son visage entre ses mains. Instinctivement, elle entrouvrit les lèvres ; il se pencha sur sa bouche avec un soupir.

Leurs lèvres se rencontrèrent et le monde explosa. Un feu dévorant embrasa Soraya, faisant voler en éclats tous les interdits. Elle se laissa aller contre Zahir, s'accrochant à ses larges épaules tout en s'abandonnant à la volupté de son baiser brûlant. Il plaqua son corps contre le sien, lui communiquant sa chaleur et la force de son désir. Electrisée, elle répondit avec une fougue égale à la sienne, malgré son inexpérience. Les mains de Zahir la pressèrent contre lui ; en réponse, elle arqua son corps contre le sien, ivre d'un contact plus étroit.

Très vite, il se dégagea, lui arrachant un gémissement de protestation.

— Pas ici, murmura-t-il d'une voix méconnaissable.

Puis il lui prit la main et l'entraîna vers l'hôtel.

12.

Ils traversèrent le hall à vive allure, sous les yeux ébahis du réceptionniste, et s'engouffrèrent dans l'ascenseur. Zahir n'avait pas lâché la main de Soraya, qui le suivait avec une impatience fébrile.

Une fois dans la suite, ce n'est que dans la chambre, au pied du lit, qu'ils s'arrêtèrent enfin. Dans le silence de la pièce, elle n'entendait que leur respiration à l'unisson, comme un seul battement de cœur, rapide et irrégulier.

— Soraya, dit Zahir d'une voix qui la fit frissonner, une voix tellement différente de la voix calme et posée qu'elle connaissait.

Puis il la plaqua contre son corps puissant, la serrant si fort qu'elle en eut le souffle coupé. S'abandonnant contre lui, elle s'accrocha à son cou, brûlant de sentir sa chair chaude sous ses doigts.

— Si tu ne veux pas, dis-le, murmura-t-il en lui effleurant les cheveux de ses lèvres. Je peux te laisser partir, mais il faut me le demander maintenant ! Après, il sera trop tard.

Elle avait beau connaître sa volonté de fer, comment imaginer qu'il puisse la relâcher quand, de ses mains robustes, il pressait son bassin contre son sexe durci ?

— Non ! Ne me laisse pas partir.

C'était à la fois une injonction et une supplication.

« Ne me laisse *jamais* partir », voilà ce qu'elle avait envie de lui crier, car elle le voulait pour toujours. Elle l'aimait d'un amour si pur, si profond, qu'elle savait qu'il l'accompagnerait tout au long de sa vie.

Au soupir qui avait accueilli ses paroles, elle comprit à quel point il était soulagé. Son regard brillant, avide, gourmand l'enveloppa comme une caresse. Alors, les sensations qu'une vie de réserve et de prudence avait muselées se déchaînèrent. Elle glissa les mains dans l'encolure de la chemise de Zahir, qu'elle ouvrit d'un coup sec. Le cœur battant, elle promena les doigts sur son torse, suivant le contour de ses muscles, caressant la toison qui le recouvrait, puis pencha le visage pour emplir ses narines de son parfum enivrant. L'odeur de l'homme qu'elle aimait de tout son être.

Zahir prononça son prénom d'une voix rauque, le souffle court, puis, d'un geste vif, il tira sur sa robe et la fit glisser de ses épaules.

— Tu es tellement belle, *habibti*, murmura-t-il en la buvant des yeux.

Tout en lui susurrant des paroles enflammées, il se mit à l'embrasser avec fougue. Au comble du ravissement, Soraya renversa la tête en arrière, tandis que Zahir passait un bras autour de sa taille pour l'empêcher de tomber. L'ardeur de ses baisers et ses mots d'amour la plongèrent dans un tourbillon de sensations et d'émotions délicieuses. Lorsqu'il posa les mains sur ses seins, un feu dévorant s'alluma dans ses veines et se propagea entre ses jambes. La tenant toujours par la taille, il la fit se ployer contre son bras et promena la bouche sur sa poitrine à travers la dentelle de son soutien-gorge. Elle gémissait de plaisir tout en s'agrippant à lui.

— Tu ne peux pas savoir à quel point j'ai envie de toi, dit-il dans un souffle. J'ai essayé de résister, mais je ne suis qu'un homme.

— Je ne veux pas que tu résistes…

Il la déposa sur le matelas tout en lui enlevant son soutien-gorge. Puis il entreprit de lui retirer ses chaussures et sa culotte, sans cesser de la dévorer des yeux.

Etrangement, malgré sa pudeur naturelle, Soraya n'éprouva aucune gêne. Elle se sentait à l'aise sous le regard émerveillé et aimant de Zahir ; elle attendait avec une impatience fébrile qu'il se déshabille à son tour.

Elle avait déjà vu son corps à la piscine mais à présent, à la lueur dorée de la lampe, c'était différent. Elle parcourut du regard la silhouette robuste et souple de l'homme qu'elle aimait, s'attardant sur ses cicatrices, marques indélébiles de la vie dangereuse qu'il avait menée. Son pouls s'accéléra lorsqu'elle passa en revue ses cuisses puissantes, ses larges épaules et son sexe dressé. La bouche sèche, elle s'humecta les lèvres, ivre de désir.

Cependant, quand il vint près d'elle et lui écarta doucement les cuisses d'une main insistante, elle sentit l'appréhension la gagner.

— Zahir ? bredouilla-t-elle.

— Ne t'inquiète, pas mon cœur, murmura-t-il d'un ton rassurant.

Il entreprit de la caresser doucement à cet endroit de son intimité où le désir se faisait impérieux. Lorsque sa bouche remplaça sa main, le corps de Soraya fut agité de soubresauts, comme sous l'effet d'une décharge électrique. Son excitation atteignit un tel degré que seul le poids de Zahir la maintint en place, tandis qu'une myriade d'étincelles embrasait chaque parcelle de son corps. Son cœur s'emballa, son souffle se raccourcit. Elle ferma les yeux et soudain, telle une vague déferlante, le plaisir la submergea tout entière. Au comble de la volupté, elle agrippa la main de Zahir posée sur sa cuisse et s'abandonna à cette sensation d'une intensité qu'elle n'aurait jamais pu imaginer.

Au bout d'un moment, alors qu'elle restait étendue, épuisée et haletante, il se libéra de son étreinte. Elle tenta de protester mais il la fit taire en pressant sa bouche sur sa hanche puis, d'une main experte, il promena doucement les doigts sur sa peau, insistant délibérément sur les zones érogènes avec une habileté qui eut tôt fait de l'enflammer de nouveau.

— Viens, supplia-t-elle d'une voix rauque.

— Pas encore, répondit-il, les yeux brillant de désir.

— Pourquoi ?

Elle attrapa ses épaules pour tenter de l'attirer vers elle.

— S'il te plaît, murmura-t-elle dans un souffle.

— Pas tout de suite, fit-il en secouant la tête. Je ne pourrais pas me contrôler.

— Mais je n'ai pas besoin que tu te contrôles. J'ai envie de toi. Maintenant.

Le visage de Zahir prit une expression de soulagement et, les yeux étincelants, il s'allongea sur elle. Soraya laissa échapper un petit gémissement de plaisir. Le contact de son torse contre sa poitrine et la douce chaleur de son ventre lui procurèrent des sensations incroyables. C'était tellement nouveau — et tellement agréable !

Enfouissant les mains dans sa chevelure épaisse, elle l'embrassa avec tout l'amour et toute la ferveur qui l'animaient.

— Soraya, articula-t-il d'une voix rauque.

— Viens, souffla-t-elle en l'étreignant et en l'embrassant fébrilement, impatiente de le sentir enfin en elle.

Alors il s'insinua lentement entre ses cuisses puis, d'un mouvement souple des reins, la pénétra avec une douceur infinie.

Sous l'effet de la surprise, le corps de Soraya se raidit, son pouls s'accéléra et elle eut la sensation de manquer brusquement d'air. C'était donc cela, l'acte d'amour ?

Le cœur de Zahir battait aussi fort et aussi vite que le sien, et sa respiration haletante trouait le silence de la pièce.

Il s'empara de sa bouche avec avidité puis, glissant une main entre leurs deux corps, se mit à lui caresser les seins, les malaxant avec tendresse, en titillant délicatement les pointes tout en lui murmurant des mots doux. Soraya sentit renaître cette excitation délicieuse que la pénétration avait brutalement interrompue. Ensuite, petit à petit, Zahir se retira, ce qui eut pour effet d'exacerber son désir. Elle murmura son prénom en se cambrant instinctivement.

Il leva la tête pour la regarder et Soraya, stupéfaite, eut

l'impression que son visage exprimait de la souffrance. Pourtant, une flamme ardente brillait dans ses yeux.

Elle comprit alors ce qu'il lui en coûtait de se retenir et une onde de tendresse la parcourut. Elle se sentait tellement inexpérimentée…

— Dis-moi quoi faire, supplia-t-elle.

Zahir esquissa un bref sourire.

— Lève les jambes.

Elle obéit.

— Plus haut. Autour de ma taille.

Elle suivit les instructions de son amant, qui reprit possession de son corps puis se mit à effectuer des mouvements de va-et-vient lents et appuyés. Chacun de ses coups de boutoir la plongeait dans une extase prodigieuse.

— Oh! Zahir…, balbutia-t-elle, les yeux agrandis.

— C'est bon, mon cœur? demanda-t-il en accélérant le rythme.

Emportée dans un océan de volupté, Soraya se tendit comme un arc, pressant son bassin contre celui de Zahir, et se mit instinctivement à onduler des hanches, jusqu'à ce que leurs deux corps soudés vibrent à l'unisson.

Soraya avait perdu la notion du temps lorsque, soudain, le plaisir l'inonda. Ses paupières papillonnèrent puis se fermèrent et elle se cramponna à Zahir en gémissant. Au comble de l'excitation, il lui attrapa les cheveux à pleines mains et, dans un soubresaut, cria son prénom tandis qu'ils atteignaient l'extase au même instant.

Soraya avait fini par s'endormir mais pour Zahir, il était hors de question de s'abandonner au sommeil. Il avait besoin de réfléchir à ce qu'ils avaient fait.

A ce qu'*il* avait fait.

Jamais, depuis qu'Hussein l'avait soustrait à son père, il n'avait agi en suivant son seul instinct. Jamais ses sentiments ne lui avaient dicté sa conduite, même à dix-neuf ans, lorsqu'il était tombé follement amoureux de la fille du responsable des écuries royales, qui ne l'avait pas trouvé digne d'elle.

Aujourd'hui, c'était différent. Avec Soraya, il avait l'impression d'avoir trouvé sa voie. Il la voulait, la désirait, avec toute la force de son cœur meurtri. Ce cœur qu'elle avait ressuscité.

Débordant d'amour, il s'approcha du lit. C'est alors que Soraya ouvrit les yeux, des prunelles sombres et insondables comme un ciel de désert. Ses lèvres s'arrondirent en un sourire si tendre qu'il faillit en avoir les larmes aux yeux.

— Hello, murmura-t-elle d'une voix douce en lui tendant la main.

Fou de bonheur, il la prit et lui embrassa la paume avec fougue.

— Hello, mon cœur.

Il se glissa près d'elle, chair contre chair, pressant son corps contre le sien, son membre tendu contre le ventre de celle qu'il aimait.

Soraya redressa la tête et lui embrassa le cou tendrement, puis elle referma les doigts sur son sexe. Zahir eut l'impression que son cœur s'arrêtait.

La pression de la main maladroite de Soraya lui fit bien plus d'effet qu'une caresse prodiguée par la plus experte des maîtresses. Très vite, ses doigts se firent plus virtuoses et entamèrent un lent mouvement de va-et-vient, le plongeant dans une extase si intense qu'elle en était presque douloureuse. Le membre dur et palpitant, incapable de se contenir plus longtemps, il immobilisa la main de Soraya.

— Arrête, maintenant, s'il te plaît, dit-il dans un souffle, le corps parcouru de frissons.

— Tu n'aimes pas ?

Y avait-il du doute ou de l'excitation dans sa voix ? Il était incapable de le discerner tant le sang battait fort à ses oreilles.

Soraya changea alors de position et la caresse de ses longs cheveux sur ses épaules et sur son torse redoubla son excitation. Elle se mit à lui embrasser le cou, puis le torse, descendant progressivement le long de son ventre. Lorsque sa bouche se referma sur sa verge vibrante, il sombra dans un océan de volupté.

13.

Lorsque Soraya s'éveilla, elle tâtonna sur le matelas à côté d'elle. Personne. Zahir était déjà levé, ce qui ne l'étonna guère.

Jusqu'au petit matin, ils étaient restés dans les bras l'un de l'autre et c'est au son de sa respiration qu'elle avait fini par s'endormir après leurs ébats tumultueux. Elle était encore tout alanguie et, en y repensant, elle avait l'impression de flotter sur un petit nuage où rien n'existait à part elle et l'homme de sa vie.

Elle ouvrit les yeux et vit qu'il faisait jour. Un goût amer remonta soudain de sa gorge. Elle avait goûté au bonheur, il lui fallait maintenant retourner dans le monde réel. L'espace d'une nuit, elle avait connu la félicité d'être dans les bras de celui qu'elle aimait.

A présent, il fallait y renoncer.

Elle n'avait pas le choix. Rien n'avait changé. Les raisons qui rendaient leur amour impossible étaient toujours d'actualité. Zahir le savait lui aussi.

Mourant d'envie de le voir, elle quitta le lit, les genoux encore flageolants après sa folle nuit.

Elle enfila un peignoir à la hâte, pressée de retrouver son amant pour faire durer la magie un peu plus longtemps avant de fermer à jamais la porte à l'amour.

Il était dans le salon, habillé de pied en cap, et regardait par la fenêtre. Vêtu d'une veste sombre et d'un pantalon impeccable, il avait l'air tellement cérémonieux, si différent de la veille, que la déception l'envahit.

Elle se trouvait au milieu de la pièce lorsqu'il se retourna, une tasse de café à la main. Il la porta à ses lèvres et but une longue gorgée tandis qu'elle s'immobilisait, interdite. Soudain intimidée, elle battit des paupières. Simplement parce qu'il était en costume ? C'était complètement ridicule ! Quelle que soit sa tenue, il était Zahir, l'homme qu'elle aimait. Et il l'aimait lui aussi, elle en était persuadée. Sinon, étant donné sa force de caractère, jamais il n'aurait passé la nuit à lui faire l'amour comme s'il n'y avait pas de lendemain. Cette certitude était à la fois une joie et une souffrance.

— Bonjour, dit-elle d'une voix nouée par l'émotion, en esquissant un sourire.

— Bonjour, dit-il, la mine sévère. Tu vas bien ?

— Merveilleusement bien.

Sauf que lorsqu'elle rencontra son regard inexpressif, un étau lui broya la poitrine. Où étaient la passion, l'amour et même l'émerveillement qu'elle avait lus dans ses yeux pas plus tard que la veille ?

— Qu'est-ce qui ne va pas ?

— Comme si tu ne le savais pas !

Désemparée, Soraya ne sut quoi répondre.

— Tu es pâle, dit-il au bout d'un moment. Tu as l'air épuisée. Pourquoi ne retournes-tu pas au lit pour te reposer ?

Il fit quelques pas vers elle puis recula subitement comme si une corde invisible l'avait tiré d'un coup sec.

— Tu dois être courbatue, fit-il en tournant les yeux du côté de la chambre. La nuit dernière, j'aurais dû…

— Zahir, je vais bien, vraiment. Je suis juste…

Elle s'interrompit. Juste *quoi* ? En manque d'affection ? Ils n'avaient plus beaucoup de temps à passer ensemble et tout ce qu'elle voulait, c'était qu'il la prenne une dernière fois dans ses bras pour lui donner la force d'affronter la vie qui l'attendait.

Elle s'avança vers lui puis s'arrêta, interdite, en le voyant reculer. Il le fit de façon imperceptible et très discrètement, comme s'il cherchait un endroit où poser sa tasse — alors qu'il y avait une table tout près de lui. Elle avait du mal à le croire mais elle devait bien se rendre à l'évidence : Zahir évitait tout contact avec elle. Cette prise de conscience fut si douloureuse qu'elle dut s'appuyer au dossier du canapé pour ne pas chanceler.

— Il faut qu'on parle, déclara-t-il avant qu'elle puisse dire quoi que ce soit.

Elle acquiesça d'un signe de tête, incapable de proférer la moindre parole tant sa gorge était nouée. Difficile de croire que l'homme qu'elle avait devant elle était celui qui lui avait fait l'amour. Il était si distant ! Comme si leur folle nuit n'avait jamais existé. Ou comme s'il regrettait ce qu'ils avaient fait.

Comment expliquer un tel revirement ? Avait-il été rebuté par son enthousiasme, ou au contraire par son inexpérience ? Non, c'était absurde. La nuit dernière, sa passion et son ardeur d'amant étaient évidentes. Elle rougit en y repensant mais un nouveau coup d'œil à la mine sombre de Zahir suffit à calmer ses émois.

Sans doute ne faisait-il que ce qu'il avait à faire : établir entre eux la distance qu'ils allaient devoir respecter à l'avenir. Mais elle avait tellement besoin d'un dernier contact, d'une dernière étreinte, d'une dernière parole de réconfort !

La voix de Zahir interrompit le cours douloureux de ses pensées :

— Je vais prendre les dispositions nécessaires. Je m'occupe de tout.

— Les dispositions nécessaires ?

— Pour notre mariage. Vu les circonstances, la cérémonie sera simple, et le plus tôt sera le mieux.

— Notre… *mariage* ?

Soraya était tellement stupéfaite que les mots lui manquaient. La nouvelle était si improbable qu'elle n'en croyait pas ses oreilles. Se pouvait-il que… ? Mais alors, pourquoi le regard de Zahir était-il vide et dénué d'émotion ? Malgré ses interrogations, elle ne put refréner un petit frisson d'excitation.

— Oui. Nous allons nous marier, déclara-t-il.

— Mais on ne peut pas, objecta-t-elle. Je ne vois pas comment…

— Ce qui s'est passé la nuit dernière a tout changé.

Etrangement, il ne souriait pas à l'évocation de ce qu'ils avaient partagé.

— J'ai passé la matinée à chercher une solution qui nous permettrait de nous unir, reprit-il.

— C'est impossible !

— Je ferai en sorte que ce soit possible.

C'était tout simplement incroyable ! Jamais elle n'aurait imaginé entendre de tels mots de sa bouche. Se pouvait-il que son rêve le plus fou devienne réalité ? Après tout, Zahir était homme à remuer ciel et terre pour parvenir à ses fins…

— Je parlerai à ton père dès que possible et ferai de mon mieux pour le persuader que ce mariage est dans ton intérêt.

— C'est moi qui lui parlerai.

C'était son père, après tout, et, si on devait lui fournir des explications, c'était à elle de le faire. Il serait terriblement déçu et inquiet, sans compter qu'il allait se retrouver dans une situation bien embarrassante vis-à-vis de l'émir. Mais il aimait sa fille et finirait bien par comprendre.

— Non, affirma Zahir d'un ton péremptoire. C'est mon devoir. Je ne m'y déroberai pas.

L'entreprise se révélerait terriblement ardue. Il n'était pas difficile d'imaginer le choc et la consternation qu'allait produire la nouvelle de leur relation. Les ragots. Le scandale. La route serait semée d'embûches mais, au bout du chemin, la promesse d'un avenir avec Zahir la transportait d'allégresse.

— Il ne s'agit pas de *devoir*, Zahir. Mon père comprendra mieux si c'est moi qui lui explique.

Elle avait envie de lui prendre la main, mais il les gardait obstinément enfoncées dans les poches de son pantalon.

Qu'est-ce qui n'allait pas ? S'il avait trouvé un moyen pour qu'ils puissent vivre leur amour dans la légalité, alors pourquoi cet air sombre ?

Son excitation retomba comme un soufflé.

Pourtant, il l'aimait, elle en était sûre. Les mots tendres qu'il lui avait murmurés la nuit dernière, le fait qu'il avait enfreint, en couchant avec elle, le code d'honneur auquel il n'avait jamais dérogé : tout indiquait qu'il était terriblement épris.

Et si elle s'était trompée ?

— Bien sûr qu'il s'agit de devoir, rétorqua Zahir avec un rire sarcastique, qui lui donna la chair de poule. J'allais dire que c'était une question d'honneur, mais je suis mal placé pour parler d'honneur, à présent.

— Je ne vois pas pourquoi…

— Je t'ai déshonorée la nuit dernière. Et j'ai déshonoré Hussein, dit-il en sortant une main de sa poche pour se frotter la nuque. Sans parler de ta famille et de moi-même.

Il se sentait coupable, bien sûr. Cela n'avait rien d'extraordinaire et il n'était pas le seul. Elle-même était déchirée.

— Tu ne m'as pas déshonorée. J'ai choisi de…

— Je ne t'ai pas déshonorée ? coupa-t-il.

Son rire amer était affreux à entendre.

— Tu étais vierge, Soraya. C'est ton mari qui aurait dû avoir le privilège de ta virginité.

Elle dut se faire violence pour garder son calme. Elle ne devait pas oublier que beaucoup, à Bakhara, partageaient sa vision des choses…

— Ce n'était pas un privilège, Zahir. C'était un cadeau. *Mon* cadeau.

Il se détourna comme s'il ne pouvait supporter de la regarder.

— Crois-tu que je t'aurais prise comme je l'ai fait si j'avais su ?

Ces paroles lui firent l'effet d'une douche glacée. Soraya ouvrit la bouche, mais aucun son n'en sortit. Il lui fallut un bon moment avant de pouvoir se ressaisir.

— C'est uniquement parce que tu as cru que j'avais déjà perdu ma virginité que tu as couché avec moi ? finit-elle par articuler. Tu m'offres le mariage uniquement parce que tu penses avoir sali ma réputation ?

Elle eut l'impression qu'un trou béant se creusait dans sa poitrine.

— Non, bien sûr que non, assura-t-il.

Mais ces paroles n'étaient que de vaines protestations, ce que lui confirma le visage de Zahir lorsqu'il se retourna. Ce n'était pas le visage d'un amoureux mais celui d'un étranger. Un étranger qui la regardait et n'éprouvait que du dégoût pour ce qu'ils avaient fait. Ses traits n'exprimaient pas la moindre joie à la perspective d'un avenir ensemble. Non, sa seule préoccupation, c'était le devoir et l'honneur. Ou plutôt le déshonneur, ce mot abject qui flétrissait ce qu'ils avaient partagé avec une telle exaltation.

Ce qu'elle avait cru partager avec lui.

En se donnant à Zahir, elle lui avait donné son amour, ses espoirs, ses peurs et ses rêves. Et lui ? Se pouvait-il qu'il n'ait donné rien de plus que son corps ?

Elle l'observa arpenter la pièce, la mine tourmentée. Elle devait savoir la vérité, même si elle craignait la réponse.

— Zahir ? Est-ce que tu… tu tiens à moi ?

Il stoppa et releva brusquement la tête.

— Bien sûr que je tiens à toi ! Je veux t'épouser, Soraya. Je veux prendre soin de toi et te protéger. Sois tranquille, je vais tout arranger.

« Je vais tout arranger »… Pas vraiment les paroles d'un homme amoureux. Elle aurait aimé l'entendre parler de joie, d'impatience, pas de considérations pragmatiques. Au moins, elle savait à quoi s'en tenir, à présent. Toutes ces déceptions accumulées eurent cependant raison d'elle :

ses genoux se dérobèrent et elle se laissa tomber sur le canapé, glacée jusqu'à l'âme.

Voilà ce qu'apportait l'amour : uniquement des problèmes !

Elle aurait bien voulu faire taire cette petite voix dans sa tête, mais elle devait se rendre à l'évidence. Elle avait toujours eu de bonnes raisons de se méfier de l'amour, et un mariage arrangé lui avait initialement semblé être une solution sûre et séduisante.

Elle leva les yeux vers l'homme au visage fermé qui allait et venait dans un état d'intense concentration. Elle distinguait difficilement ce qu'il lui disait tant le brouillard enveloppait son esprit mais elle n'avait aucun mal à percevoir son ton froid et sec. Dénué de passion, d'émotion. Dénué d'amour.

Il semblait vouloir uniquement limiter les dégâts, comme si elle était un imbroglio diplomatique à démêler. Lui faire miroiter un bonheur possible pour anéantir ensuite tous ses espoirs serait la plus cruelle des tortures. De son côté, elle ferait n'importe quoi pour lui, irait n'importe où avec lui, si seulement il le lui demandait.

Si seulement il l'aimait…

Mais elle refusait de n'être qu'une erreur à réparer.

Epouser un homme qui se sentait obligé de « tout arranger » ne pouvait que mener à un désastre. Zahir finirait par lui en vouloir et elle, pourrait-elle supporter de l'aimer en sachant que ce n'était pas réciproque ?

— Soraya ?

Zahir cessa de faire les cent pas. Il venait de s'apercevoir que Soraya ne l'écoutait pas. Elle était visiblement ailleurs mais tellement adorable, tellement vulnérable dans ce peignoir trop grand pour elle.

Sa femme…

Malgré la situation inextricable dans laquelle il les avait

mis, il ne pouvait s'empêcher d'éprouver un sentiment d'exaltation à l'idée qu'elle était sienne.

A l'évocation de leur nuit d'amour, un feu dévorant rampa dans ses veines. Il n'avait qu'une envie : tout laisser de côté et se perdre en elle. Mais ce n'était pas le moment. Il devait se montrer fort pour tous les deux et se concentrer sur ce qu'il avait à faire pour qu'ils puissent vivre leur passion au grand jour. Car sans Soraya Karim à ses côtés, l'avenir n'était pas envisageable.

S'il voulait qu'elle puisse garder la tête haute, il allait devoir faire preuve d'une grande diplomatie avec sa famille, l'opinion publique et surtout Hussein.

L'image de son mentor s'imprima devant ses yeux et la culpabilité le rongea comme un acide. Il était impardonnable. En dépit de ses sentiments pour Soraya, rien n'excusait ce qu'il avait fait. Comment avait-il pu se montrer aussi faible ? Un homme pourvu de force de caractère se serait retenu ; il aurait au moins attendu d'être à Bakhara pour se déclarer publiquement.

Quelle sorte d'homme était-il, bon sang ? ! Lui qui se flattait d'être loyal, courageux, doté d'un sens de l'honneur très poussé, s'était révélé l'inverse de ce qu'il croyait être. Tout avait volé en éclats devant Soraya.

S'était-il leurré lorsqu'il s'était imaginé qu'il pouvait échapper à l'hérédité ? Qu'il était plus fort de caractère que son père, meilleur, honnête ? Car la façon dont il avait trahi Hussein était pire que le manque de loyauté de son père. Dont il était bel et bien le fils, il le comprenait aujourd'hui...

Quelle terrible remise en question cela impliquait !

Mais ce n'était guère le moment de s'appesantir sur ce sujet. Pour l'instant, il devait s'occuper de Soraya. Et ce n'était pas évident quand tout ce dont il avait envie, c'était de retourner au lit avec elle et d'oublier tous les problèmes. Il avait dû se faire violence pour se lever quand elle dormait encore, éviter de la toucher, s'habiller. En sa présence, rester de marbre demandait un effort titanesque.

— Soraya ? répéta-t-il.

Elle finit par lever les yeux mais c'était comme si elle ne le voyait pas. Son regard était flou, fixant un point au loin.

Elle ouvrit la bouche et parla. Il la fixa, ébahi, refusant de croire ce qu'il venait d'entendre. Il s'accroupit devant elle, les deux mains posées sur le canapé.

— Qu'est-ce que tu as dit ? demanda-t-il d'une voix presque chevrotante.

Elle détourna les yeux. Suspendu à ses lèvres, Zahir attendait, les entrailles nouées.

— J'ai dit que je ne me marierai pas avec toi.

Ce coup de massue le laissa un moment sonné, interdit, incrédule.

— Non ! s'écria-t-il enfin. Tu dois m'épouser !

Elle était sienne. Ce qu'ils avaient partagé l'avait transformé, lui avait fait prendre conscience qu'il y avait autre chose dans la vie que l'honneur, les défis et le devoir. Ce que, dans sa jeunesse, il avait pris pour de l'amour n'était rien comparé avec ce sentiment dévorant.

Soraya arqua un sourcil impérieux, comme la reine qu'Hussein voulait faire d'elle.

— Je *dois* t'épouser ? dit-elle d'un ton glacial. Qu'est-ce qui t'autorise à me dire ce que je *dois* faire ? Tu es peut-être mon garde du corps, mais tu n'as pas à me dicter ma conduite.

De saisissement, Zahir bascula vers l'arrière et faillit se retrouver sur les fesses.

— Je suis bien plus qu'un garde du corps ! affirma-t-il en reprenant son équilibre.

Il prit de nouveau appui sur ses mains et se pencha vers elle, au point de sentir son parfum et son souffle léger sur son visage.

— Nous avons fait l'amour, Soraya, continua-t-il, et ton corps porte encore mon odeur.

Ses yeux magnifiques s'arrondirent, ses lèvres s'entrou-vrirent, au point qu'il eut la folle envie de la faire capituler d'un baiser fougueux.

Au lieu de quoi, il saisit le col de son peignoir.

— Regarde, fit-il tout en l'écartant d'un coup sec, de façon à découvrir son cou. J'ai laissé ma marque sur toi.

Sur le coup, il s'était senti coupable lorsqu'il s'était rendu compte que sa barbe naissante avait marqué la peau délicate de Soraya, au niveau de la gorge et des seins. A présent, il en retirait une satisfaction primitive.

Il n'eut pas le temps de la savourer : Soraya le repoussa si brusquement que cette fois-ci, il tomba bel et bien à la renverse. Puis elle bondit sur ses pieds et partit à l'autre bout de la pièce avant qu'il ait réussi à se redresser. Elle se retourna vers lui, le visage ravagé.

— Oui, nous avons fait l'amour, lança-t-elle d'un ton amer. Qu'est-ce que tu veux ? Ton nom tatoué sur ma peau ?

Il secoua la tête, complètement déconcerté. Ce n'était pas Soraya. Pas l'adorable jeune femme qu'il connaissait. Que s'était-il passé ?

— Tu as bien dit que rien ne serait arrivé la nuit dernière si tu avais su que j'étais vierge.

— Non ! s'écria-t-il, incapable de supporter le mépris qui transparaissait sous chacun de ses mots. J'ai dit que je ne t'aurais pas prise comme ça. Aussi maladroitement. J'aurais dû faire preuve de plus de douceur.

Il s'en voulait terriblement. Il n'avait pas été assez attentif aux réactions de Soraya. Pourtant, au moment de la pénétration, il avait bien senti comme un blocage chez elle, mais il n'en avait pas fait cas, et cela n'avait pas duré. Comment aurait-il pu savoir ?

Il traversa la pièce et tendit la main vers elle. Elle recula.

— Non ! Ne me touche pas.

Il laissa aussitôt retomber son bras. L'angoisse lui creusait le ventre à la pensée qu'il pourrait la perdre à jamais. Un sourire d'elle, son cœur battant contre le sien, la certitude qu'elle serait toujours à ses côtés, voilà ce qui suffirait à le calmer.

— Soraya, s'il te plaît. Je ne sais pas ce qui se passe mais il faut qu'on parle. Pour dissiper le malentendu.

— Il n'y a rien à dissiper.

— Comment peux-tu dire une chose pareille ?

La Terre tournait-elle à l'envers ? Tout était sens dessus dessous. Ses propres sentiments, ceux qu'il croyait que Soraya éprouvait, tout était dénaturé.

— Parce que nous n'avons pas d'avenir ensemble, Zahir, affirma-t-elle en plongeant un regard inexpressif dans le sien.

Pourtant, il crut voir passer une lueur de regret dans ses yeux. Peut-être était-ce son imagination…

— Mais non, tu te trompes, protesta-t-il. Si seulement tu voulais m'écouter. J'ai réfléchi à un moyen de…

— Nous n'avons pas d'avenir ensemble, le coupa-t-elle, parce que je vais épouser l'émir, comme prévu.

Ces paroles lui firent l'effet d'une bombe. Zahir était déchiqueté. Tout s'écroulait autour de lui.

— Non ! Non, ce n'est pas possible, s'écria-t-il en reprenant ses esprits. Tu n'es pas sérieuse ?

L'expression déterminée de Soraya lui prouvait pourtant qu'elle ne plaisantait pas. Une des choses qu'il appréciait chez elle, c'était son honnêteté. Elle pensait vraiment ce qu'elle disait.

— Tu ne *peux* pas épouser Hussein, insista-t-il. Plus maintenant.

— Et pourquoi ? riposta-t-elle en levant le menton, fière et provocante. Tu as l'intention de lui dire que je ne suis plus vierge ?

Zahir secoua la tête, blessé par sa dureté et son cynisme.

— Tu as dit que tu m'aimais, avança-t-il, au comble du désespoir.

Soraya ne répondit pas. Il aurait donné n'importe quoi pour entendre de nouveau ces mots, pour ressentir, une fois de plus, la douceur de son amour. Mais elle continua de garder le silence.

Ses mots d'amour avaient-ils été des paroles en l'air ? Des mensonges ? Il ne voulait pas le croire.

— Je n'ai pas l'intention de rompre mes fiançailles, finit-elle par dire.

S'il s'était écouté, il l'aurait prise dans ses bras et lui aurait fait l'amour ; et c'est son prénom qu'elle aurait crié, pas celui d'Hussein. Mais la partie était perdue d'avance.

Soraya avait dit qu'elle voulait profiter au maximum de ses derniers jours de liberté. Elle avait goûté au fruit défendu. Elle avait assouvi sa curiosité et son désir de lui. Elle avait fait son choix, à présent. Il avait été bon pour une passade, une nuit de plaisir avant une vie de fidélité.

Pour quelle raison, en effet, épouserait-elle le fils illégitime d'un traître notoire quand elle pouvait avoir le souverain de Bakhara ? Pourquoi se contenter de peu quand elle pouvait avoir le faste, le pouvoir, l'admiration des foules ?

Pour quelle raison, enfin, épouserait-elle un homme qui avait montré combien il était dénué d'honneur ?

Zahir tourna les talons et sortit de la pièce à grands pas.

14.

Zahir avait eu l'intention d'accompagner Soraya au palais dès leur arrivée à Bakhara, mais le père de cette dernière, impatient de retrouver sa fille, les attendait à l'aéroport.

En homme courtois, il lui proposa de venir prendre un verre chez eux mais Zahir déclina l'invitation.

Quant à Soraya, elle se contenta de le remercier poliment, ce qui lui déchira le cœur. Etre traité comme un étranger, comme s'il ne s'était rien passé entre eux, comme s'ils n'étaient rien l'un pour l'autre… Elle jouait bien mal la comédie, cependant. Le léger tremblement de sa lèvre inférieure et son pas raide et saccadé, si différent de sa démarche naturellement chaloupée, la trahirent. Elle n'était pas aussi indifférente qu'elle voulait le laisser croire.

Alors pourquoi ?…

Il n'eut pas le temps de s'appesantir sur la question car Soraya et son père étaient à peine partis qu'il s'entendit interpeller.

— Monsieur El Hashem ?

Il se retourna et reconnut un des domestiques du palais.

— Monsieur, l'émir demande que vous assistiez au conseil d'Etat le plus tôt possible. Les négociations sur les territoires contestés ont commencé et votre présence est indispensable.

Allait-il devoir se rendre au palais alors qu'il venait d'atterrir ?

— C'est vraiment urgent, monsieur El Hashem, précisa le domestique, comme s'il avait lu dans ses pensées.

Zahir fronça les sourcils.

— Je suis persuadé que l'émir est tout à fait capable de…

— Il se trouve dans son palais du désert, poursuivit l'homme, sans tenir compte de sa protestation. Il vous attendait plus tôt et, dans l'intervalle, a confié les négociations au corps diplomatique. Il vous demande de les poursuivre.

Zahir passa de la surprise à l'irritation. Hussein était dans le désert ? Etrange attitude pour un homme censé accueillir sa future épouse. Après dix ans de fiançailles, on se serait attendu à plus d'empressement ! A moins que…

— L'émir se porte bien ? demanda-t-il, inquiet, tout en prenant place dans la limousine royale.

— Oui, monsieur.

Il lui fallut quatre jours pleins pour mener à bien les négociations et prendre congé des participants. Malgré l'ampleur et l'importance de la tâche, Zahir s'en acquitta machinalement. Il était distrait. Préoccupé.

A cause de Soraya, qui lui avait dit qu'elle l'aimait pour ensuite le rejeter.

A cause d'Hussein, qui était resté injoignable pendant la durée des pourparlers — qu'est-ce qui se cachait derrière cette attitude qui ne lui ressemblait guère ?

Mais surtout, à cause des sentiments tumultueux qui l'agitaient.

Il avait passé quatre jours plongé dans des tractations particulièrement délicates et n'avait pas une seule fois ressenti le plaisir que lui donnait habituellement la réussite d'une entreprise difficile.

Ses priorités avaient changé.

Parce qu'il s'était épris d'une femme qui avait mille fois plus d'importance que la vie qu'il s'était soigneusement construite. Mais à quoi cela l'avançait-il de l'aimer si leur amour était interdit ? Pire : si cette femme niait ce qu'ils avaient partagé ?

Ce soir, il était enfin libre, pour la première fois depuis son retour. Il avait besoin de se retrouver seul et, instinctivement, avait pris à cheval le chemin du désert. Derrière lui s'étirait la ville illuminée, éclairant la nuit. Devant lui, l'immensité de l'étendue désertique sous les rayons argentés de la lune. Il chevauchait à vive allure, respirant à plein nez l'odeur des herbes sauvages, de la poussière, et ce parfum subtil et indéfinissable d'épices venu de l'est.

Alors qu'il s'enfonçait dans le désert, une senteur subtile et entêtante mit ses sens en éveil : celui d'une belle-de-nuit, une de ces fleurs rares et fragiles qui ne s'ouvrent qu'une fois la nuit tombée.

Cela lui fit penser à Soraya et à sa peau délicatement parfumée ; à sa beauté et à sa grâce, à son sourire enchanteur. Quel supplice de penser qu'il ne la reverrait plus jamais sourire ! Ou alors à un autre homme : Hussein. C'était comme si on lui lacérait les chairs.

Mais plus que sa beauté ou ses sourires, ce qu'il voulait, c'était son amour. Lorsqu'elle lui avait dit qu'elle l'aimait, elle avait fait naître en lui un sentiment dont il ne soupçonnait même pas l'existence : l'espoir. Elle avait introduit dans sa vie un élément nouveau : le rêve. Elle avait fait de lui un autre homme, capable d'aimer — les caresses fébriles qu'il lui avait prodiguées, les mots tendres qu'il lui avait murmurés, son désir de l'épouser avaient été autant de manifestations de son amour.

Cependant, à aucun moment il n'avait exprimé verbalement ses sentiments. Ni pendant leur nuit d'ivresse sensuelle, ni le lendemain matin. Peut-être était-ce cela qu'elle avait attendu, finalement, qu'il lui déclare sa passion, comme elle-même l'avait fait…

Bien sûr, elle savait qu'il tenait à elle. Se serait-il autant creusé la tête pour trouver une solution qui leur permettrait de se marier, si ce n'était pas le cas ?

Mais savait-elle qu'il l'aimait ?

141

Zahir resta immobile un long moment, plongé dans ses pensées. Si longtemps que la voûte étoilée tourna au-dessus de sa tête et que la lune gagna petit à petit l'horizon. Lorsque sa monture manifesta trop d'impatience, il la laissa partir au petit galop.

Lorsqu'ils s'arrêtèrent enfin, Zahir avait pris une décision.

Il devait faire connaître ses sentiments à Soraya, mais également à Hussein. Il était partisan de la transparence et cette ligne de conduite était plus que jamais d'actualité. Il avait toujours été honnête vis-à-vis de son souverain et ami, et ce n'était pas maintenant qu'il allait changer. Il ne pourrait pas le regarder en face tout en lui cachant son amour pour Soraya.

Quant à elle, il ne pouvait pas la laisser épouser un autre sans lui dire combien il l'aimait. Il lui devait bien ce gage d'honnêteté.

Non, il ne pouvait pas vivre dans la dissimulation, même s'il connaissait le prix à payer pour cette décision : il serait banni et pourrait dire adieu au prestige qu'il avait acquis et aux rêves qu'il avait nourris. Aimer la future épouse d'Hussein le condamnait à quitter tout ce qui comptait pour lui, à commencer par son meilleur ami.

Il perdrait tout, certes, mais n'avait-il pas déjà perdu le plus important ?

Il fit faire demi-tour à son étalon et reprit la direction de la ville, le cœur plus léger.

La salle d'audience était vaste, richement ornée, décorée de fresques murales et de mosaïques faites de pierres semi-précieuses. Conçue pour rehausser la majesté du chef de la nation, elle pouvait contenir des centaines de personnes, aussi Zahir fut-il étonné, en arrivant, de la trouver pratiquement vide. Seule une vingtaine de dignitaires étaient présents autour d'Hussein, toujours aussi imposant et plein de dignité. De l'autre côté de la pièce se tenait Soraya, resplendissante dans une robe de soie couleur ambre. Sous le voile brodé d'or qui couvrait sa chevelure, elle affichait un visage serein, quoique pâle.

Une joie mêlée de souffrance étreignit Zahir. C'était peut-être la dernière fois qu'il la voyait…

Après ses révélations, il ne faisait aucun doute qu'il serait escorté jusqu'à la frontière avec l'interdiction formelle de remettre les pieds à Bakhara. Ses jambes tremblaient. Pourvu qu'il ne flanche pas au dernier moment…

Il connaissait toutes les personnes présentes. Il s'agissait des hommes les plus influents du pays, parmi lesquels le père de Soraya. Des hommes à qui il avait affaire quotidiennement. Des hommes qu'il respectait. Des hommes qui l'éviteraient dès qu'ils auraient entendu sa déclaration publique.

Il regarda Hussein, déchiré à l'idée du fossé qu'il allait créer entre eux et du mal qu'il allait lui faire.

Puis il regarda Soraya et son cœur se gonfla d'émotion.

Ensuite, prenant une profonde respiration, il marcha vers son destin.

C'était la première fois que Soraya se trouvait dans la salle d'audience. Intimidée par son faste, signe de la puissance et de la richesse de l'émir, elle ne se sentait pas à sa place. Tout lui était inconnu, à commencer par l'étranger qu'elle devait épouser, ce qui ne faisait que renforcer ses doutes. Contrairement à ce qu'elle avait affirmé à Zahir par orgueil, et parce qu'il l'avait blessée, elle était de moins en moins sûre de pouvoir épouser Hussein. Peu importait que Zahir ne l'aime pas : c'était à lui qu'elle avait donné son cœur et elle savait que, pour elle comme pour son père, aimer signifiait pour la vie.

Elle avait espéré qu'elle aurait l'occasion de parler à l'émir en privé. Il avait le droit de savoir que le cœur de sa future femme battait pour un autre. Au lieu de quoi, son père et elle avaient été introduits dans cette salle d'audience, où elle n'avait fait que répondre aux salutations polies. Elle ignorait la raison de cette assemblée, mais il y avait fort à parier qu'il s'agissait de la présenter à la Cour et d'annoncer une date de mariage.

Pourvu qu'elle trouve un moyen de parler à l'émir en tête à tête ! Elle lui devait la vérité, même si elle s'en serait volontiers passée.

Un mouvement dans la foule attira son attention. Les têtes se tournèrent du côté de l'entrée principale ; aussitôt, un frisson la parcourut.

C'était Zahir, elle en était sûre.

Incapable de résister, elle se retourna. Son sixième sens ne l'avait pas trompée. C'était bien lui. Le cœur battant la chamade, elle le vit se diriger vers le trône à grandes enjambées. Il était vêtu du costume traditionnel bakhari et aucun homme, dans l'assemblée, n'avait plus fière allure que lui. Pas même l'émir.

— Zahir ! Bienvenue, s'écria son futur mari en s'avançant vers lui pour l'accueillir, les bras grands ouverts.

— Majesté, répondit Zahir en s'inclinant à quelques pas de lui.

L'émir Hussein se figea, l'air étonné, comme surpris par l'attitude solennelle de son bras droit.

— Mon cœur se réjouit de te voir, Zahir. Tu vas bien ?

— Très bien, Majesté. Et vous-même ?

Soraya écouta leur échange de politesses d'une oreille distraite, attendant fébrilement le moment où l'homme qu'elle aimait regarderait de son côté et la remarquerait. Viendrait-il la saluer ou se contenterait-il du signe de tête que l'on réserve aux vagues connaissances ? Elle ne savait pas ce qui lui ferait le plus de mal…

Elle avait dû manquer une partie de leur conversation car soudain, elle vit Zahir secouer la tête.

— Avant que ne soit abordé l'ordre du jour, je dois absolument vous dire quelque chose, déclara-t-il.

Tout en parlant, il braqua sur elle ses yeux émeraude

et elle se pétrifia comme un lapin pris dans les phares d'une voiture.

Ainsi, il savait depuis le début qu'elle était là…

— Bien entendu, répondit l'émir en lui faisant signe de poursuivre. Tu connais tout le monde ici. Nous t'écoutons.

Zahir reporta son regard vers son ami. Les muscles de son visage étaient si tendus que Soraya se demanda s'il souffrait.

— Cela concerne votre future femme.

Le cœur de Soraya s'arrêta brusquement, puis repartit à un rythme effréné et saccadé. Un murmure étonné se répandit dans la pièce ; elle n'y prêta pas attention, concentrée sur Zahir. Que s'apprêtait-il à faire ? Annoncer à tous comment elle avait fauté et l'accuser d'infamie ?

— Continue, dit Hussein.

— Il y a quelque chose que vous devriez savoir avant de vous marier.

Zahir fit une pause. L'assistance retint son souffle. On aurait entendu une mouche voler.

La panique qui envahit Soraya n'était rien à côté de la souffrance de se dire que l'homme qui lui avait volé son cœur était sur le point de la trahir.

— Je sais que vous attachez une grande valeur à la loyauté, poursuivit Zahir.

— En effet.

— Alors il faut que vous sachiez qu'une fois que vous aurez épousé cette femme, je ne pourrai plus rester à Bakhara.

La voix de Zahir était ferme et forte ; ses paroles suscitèrent un brouhaha agité. Soraya était faible, sur le point de s'évanouir. Son père lui prit la main et la serra très fort. Cette manifestation de son amour lui donna de la force en même temps qu'elle l'affligea : quelle terrible déception il allait essuyer !

Elle ouvrit la bouche mais aucun son n'en sortit.

— Pourquoi donc, Zahir ? demanda l'émir, imperturbable.

— Parce que je l'aime.

Un silence de mort accueillit la révélation de Zahir. Le souffle coupé, abasourdie, Soraya resta un instant interdite, incapable d'en croire ses oreilles. Non, ce n'était pas possible ! Son imagination lui jouait des tours…

— Je l'aime, répéta-t-il, plus fort cette fois. Je ne peux donc plus faire partie de votre Cour.

Il posa alors les yeux sur elle et elle y lut une telle détresse qu'un sanglot se bloqua dans sa poitrine et que la tête lui tourna.

Comme dans un rêve, elle entendit l'émir Hussein prendre la parole au milieu du grondement qui enflait autour d'eux.

— Tu n'as jamais agi avec précipitation, Zahir. Je te conseille donc de ne pas faire de déclaration inconsidérée.

Puis il se tourna vers elle. Soraya dut faire un effort pour lever les yeux vers son visage sévère et impassible.

— Soraya, demanda-t-il, quels sont vos sentiments pour cet homme ?

Son ton grave et la mine horrifiée des conseillers ne présageaient rien de bon pour Zahir. Pour elle, l'homme qu'elle aimait avait, délibérément et en un instant, anéanti tout ce qui comptait pour lui : sa situation, son travail et, par-dessus tout, l'estime de celui qu'il considérait comme son père. Elle était atterrée.

Pourtant, comment empêcher son cœur de se gonfler d'allégresse ?

— Je l'aime, répondit-elle sans chercher à dissimuler le sourire qui se dessinait sur ses lèvres.

Puis elle lâcha la main de son père et s'avança vers l'homme qui se tenait debout, seul face à l'assistance.

— Je l'aime de tout mon cœur, insista-t-elle en regardant Zahir droit dans les yeux.

La lueur qui s'alluma alors dans son regard la remplit d'allégresse.

Combien de temps restèrent-ils les yeux dans les yeux, hypnotisés, indifférents au tumulte qu'ils avaient déclenché ? Soraya l'ignorait. Ce fut la voix de l'émir qui brisa le charme.

— L'annonce de Zahir a devancé la mienne. Car c'est en tant que témoins que je vous ai tous réunis ici.

Soraya sursauta. Il n'allait tout de même pas annoncer leur mariage, malgré ce qui venait de se passer ? Elle fit un pas pour protester mais Zahir la retint. L'assistance tout entière était suspendue aux lèvres de l'émir. L'anxiété se lisait sur le visage de son père ; ceux des courtisans exprimaient une curiosité avide, mêlée de perplexité.

— Je vous ai fait venir pour vous informer de mon intention d'abdiquer, annonça alors l'émir Hussein d'une voix forte.

Un silence choqué accueillit ses paroles. Les doigts de Zahir pressèrent les siens convulsivement et elle entendit sa respiration s'accélérer.

— Cette décision ne sera pas sans conséquences pour certaines personnes, poursuivit-il en tournant vers Soraya un regard bienveillant, dépourvu de la colère à laquelle elle s'était attendue. Vu les circonstances, il ne serait pas raisonnable de ma part d'exiger de ma fiancée qu'elle se sente engagée envers moi, maintenant que j'ai pris une résolution qui ne manquera pas de modifier radicalement son avenir.

Cette annonce provoqua une cacophonie de questions et de protestations, mais c'est à peine si Soraya y fit attention. Tout ce qui comptait, c'était la présence de Zahir et la certitude qu'elle était libre.

L'émir leva la main pour faire cesser le tumulte ; aussitôt, le silence se fit.

— J'ai, bien entendu, soigneusement réfléchi à un successeur. Un homme de mon sang. Un homme dont les compétences ne sont plus à prouver. Un homme qui, pas plus tard que cette semaine, a sauvé nos négociations de paix quand elles étaient en danger d'échouer.

Il se tourna et tous les regards suivirent la direction du sien.

— Je pense que Zahir Adnan El Hashem est le plus digne d'être mon successeur.

Pendant que les dignitaires discutaient du futur de Bakhara, Soraya attendait dans une antichambre où l'avait conduite son père. Ce dernier, sidéré par la scène qui venait de se dérouler dans la salle d'audience, lui avait donné sa bénédiction dès qu'elle lui avait confirmé qu'elle était vraiment amoureuse.

Elle se repassait pour la millième fois le film de ce coup de théâtre lorsque la porte s'ouvrit, livrant le passage à Zahir et à Hussein. A voir la mine sombre de celui-là et les traits tirés de celui-ci, Soraya fut gagnée par l'inquiétude.

— Comment avez-vous pu faire une chose pareille ? s'écria Zahir en s'adressant à son mentor.

— C'était nécessaire.

— Nécessaire ? s'exclama-t-il, hors de lui. Vous avez *utilisé* Soraya !

— Je le regrette.

— Vous pouvez ! Vous avez abusé de la crédulité d'une adolescente par une promesse de mariage que vous n'aviez pas l'intention d'honorer, mais qui la liait néanmoins à vous ?

— Je n'avais pas le choix. J'avais perdu mon épouse, expliqua Hussein d'une voix sourde. La seule femme que j'aimerai jamais. Or, pour continuer à gouverner, je devais être marié ou fiancé.

Il regarda Soraya d'un air contrit puis écarta les bras en signe d'impuissance.

— Tu te souviens de la situation à l'époque, Zahir. La nation avait besoin de moi, d'un pouvoir solide, ferme. Je n'avais pas de successeur potentiel car l'homme sur lequel j'avais jeté mon dévolu était encore trop jeune. Mais je savais qu'avec de l'expérience, il ferait un jour un parfait émir. Que *tu* ferais un parfait émir, mon fils.

Il poussa un long soupir.

— Je suis fatigué, reprit-il. Le temps est venu pour moi de me retirer pour étudier les étoiles, m'adonner à la lecture et regarder tes enfants grandir.

Il se tourna vers Soraya, qui avait rougi jusqu'aux oreilles. A l'idée de porter des enfants de Zahir, elle crut exploser d'allégresse.

— J'avais prévu d'annuler les fiançailles aujourd'hui même en raison de mon abdication. Ta déclaration m'a pris de court. Quant à vous, Soraya, je vous prie d'accepter mes excuses les plus sincères.

Il sortit et referma la porte derrière lui. Soraya sourit à l'homme de sa vie. Ils étaient enfin seuls.

— Est-ce que c'est vrai ? murmura-t-elle. Ce que tu as dit, c'est la vérité ?

— Oui, mon amour, répondit-il en lui embrassant le poignet. Je t'aime et je ne te laisserai jamais partir. Si tu veux de moi, bien sûr...

— Mais à Rome...

— A Rome, je me suis conduit comme un idiot. J'étais tellement occupé à chercher une solution à notre problème que j'ai oublié la chose la plus importante de toutes : te dire que je t'aime. Je t'ai désirée dès le premier soir où je t'ai vue.

— Mais le désir et l'amour sont deux choses différentes, Zahir.

— Et je t'aime depuis presque aussi longtemps. Plus j'apprenais à te connaître, moins je pouvais résister.

Il promena lentement un doigt sur ses lèvres, la faisant frissonner de plaisir.

— Alors, veux-tu de moi ? demanda-t-il.

Elle ouvrit de grands yeux étonnés.

— Bien sûr que je veux de toi ! Comment peux-tu en douter ?

— Alors écoute. A l'instant même, le Conseil des Anciens est en train de débattre pour décider si je dois devenir émir de Bakhara. La partie est loin d'être gagnée mais j'ai besoin d'avoir ton opinion. Je sais que cette vie ne t'enchante guère, que tu aspires à autre chose qu'à être cantonnée dans un rôle d'épouse de l'émir. Je ne t'en blâmerais certainement pas ! Sache que je n'accepterai jamais ce rôle sans ton accord. Je suis prêt à tout abandonner si c'est ce que tu souhaites.

— Zahir ! Tu ne peux pas faire ça. Tu es fait pour cette fonction. A moins que tu n'en veuilles pas ?

— C'est ce que je désire le plus au monde, après toi. S'il me faut choisir, je n'hésiterai pas une seconde. C'est toi que je veux, Soraya.

— Alors, tout est pour le mieux puisque tu n'auras pas de choix à faire, dit-elle en lui plantant un baiser joyeux sur la bouche.

Elle n'avait pas eu le cœur aussi léger depuis bien longtemps. Zahir l'aimait et, pour la garder, il était disposé à abandonner tout ce qu'il avait patiemment construit au fil des ans. Elle était remplie de gratitude et, en même temps, animée d'une détermination farouche. Elle serait la meilleure épouse qu'un émir puisse avoir.

— Rien ne compte plus pour moi que d'être à toi, mon amour.

— C'est vrai ? Tu accepterais d'être l'épouse de l'émir Zahir El Hashem ? demanda-t-il d'un ton incrédule tout en l'attirant contre lui. Tu sais, tu pourras poursuivre tes études d'ingénieur, ou de ce que tu veux. Tu n'auras pas que des obligations protocolaires. Je le jure.

Elle prit son beau visage entre ses mains, émerveillée que cet homme qu'elle aimait plus que tout soit à elle. Y avait-il sur Terre plus grand bonheur ?

Zahir se pencha alors vers elle et le monde s'effaça.

Epilogue

Un mariage dans une oasis en plein désert, quoi de plus magique ? Soraya se serait crue dans un conte des *Mille et Une Nuits*.

Le spectacle des cavaliers en costume traditionnel chevauchant des montures richement harnachées était fascinant. Avec leurs tuniques blanches qui chatoyaient au clair de lune et leurs fusils étincelants, ils avaient vraiment fière allure. Le campement tout entier vibrait du bruit des sabots de leurs chevaux.

Eblouie, elle tourna un visage radieux vers Zahir, qui l'attira contre lui. Au contact de son corps d'athlète, elle laissa échapper un soupir de plaisir. Il y avait si longtemps — un mois ! — qu'elle n'avait eu un moment d'intimité avec lui. Le corps en feu, elle se blottit encore plus contre lui, grisée par l'étreinte de ses bras vigoureux et l'intensité de son excitation. Une délicieuse langueur l'envahit.

— Tu vas me faire perdre mes moyens, murmura son mari, tandis qu'une salve d'honneur trouait le silence de la nuit. Salue l'assistance, *habibti*.

Soraya leva le bras mais son esprit était ailleurs. Elle n'avait qu'une hâte : se retrouver seule avec l'homme de sa vie. Les femmes avaient déjà pris le chemin du retour dans des 4x4 de luxe et, lorsque les derniers cavaliers eurent disparu derrière la crête de la colline, elle se retourna vers Zahir et lui mit les bras autour du cou.

— Je croyais que la journée n'allait jamais finir, dit-elle

avec un soupir de soulagement. Pourquoi les mariages bakhari durent-ils aussi longtemps ?

— Pas tous les mariages. N'oublie pas que tu as épousé un émir ! répondit-il avec une lueur malicieuse dans le regard. Sans regret, mon amour ?

— Sans regret. Sauf que…

— Sauf que quoi ? interrogea-t-il d'un air inquiet.

— Sauf que tu perds un temps précieux à discuter, le taquina-t-elle.

Avec un sourire qui la fit chavirer, Zahir la cueillit dans ses bras et se dirigea à grands pas vers la tente richement décorée. A l'intérieur, des lampes anciennes jetaient une lumière multicolore sur les épais tapis de soie, les coussins brodés et le lit le plus large que Soraya avait jamais vu, dressé sur une estrade au milieu de l'espace.

Son époux la déposa tendrement sur le couvre-lit de satin puis s'allongea près d'elle.

— Vos désirs sont des ordres, madame, dit-il en enfouissant le visage dans son cou. Mais je te préviens : j'ai l'intention de te prouver mon amour chaque jour que Dieu fait.

Tout au long de leur vie, jamais il ne manqua à sa parole.

Ne manquez pas, dès le 1er mars

LA MARIÉE INSOUMISE, *Michelle Smart* • N°3445

Mariage Arrangé

Quand elle a accepté d'épouser Nicolaï Baranski, un an plus tôt, Rosa savait qu'il ne s'agissait que d'un mariage de convenance. Mais aujourd'hui, au regard de la souffrance qu'elle ressent face à l'indifférence et à la froideur que lui témoigne Nicolaï, elle est bien forcée de s'avouer que pour elle, ce mariage signifie désormais beaucoup plus. Si elle ne veut pas continuer à souffrir ainsi, quelle autre solution a-t-elle que de rompre leur union et de fuir loin de lui ? Mais quand elle lui annonce sa décision, Nicolaï, à sa grande surprise, lui oppose un refus brutal. Et très vite, Rosa comprend, paniquée, qu'il est bien décidé à utiliser tous les moyens possibles – de la séduction à la menace – pour la forcer à rester fidèle à son engagement...

UN TÊTE-À-TÊTE SI TROUBLANT, *Catherine George*• N°3446

Une interview exclusive d'Alexei Drakos ? Eleanor n'en revient pas : c'est la chance de sa vie, la chance qui pourra lancer sa carrière de journaliste ! Ce mystérieux milliardaire, dont tout le monde rêve de connaître la vie, n'est-il pas réputé pour le secret dont il s'entoure ? Aussi, lorsqu'Alexei exige qu'elle séjourne avec lui quelques jours sur son île privée de la mer Egée, le temps pour elle de rédiger son article — et pour lui de s'assurer qu'elle n'y dévoilera rien contre sa volonté —, Eleanor n'hésite guère avant d'accepter. Même si cela signifie vivre dans une troublante intimité avec cet homme dont elle ne sait presque rien mais qui éveille en elle des sentiments inconnus...

UN SI PRÉCIEUX SECRET, *Cathy Williams* • N°3447

Enfant Secret

Convoquée de toute urgence par le P-DG de la multinationale dans laquelle elle vient d'être engagée, Alex sent l'inquiétude l'envahir. Pourvu qu'elle n'ait pas commis d'erreur, elle a tant besoin de ce travail... Mais à peine pénètre-t-elle dans l'immense bureau de Gabriel Cruz, que son inquiétude se change en stupeur. Comment aurait-elle pu imaginer que son tout puissant patron et le simple employé d'hôtel avec lequel elle a vécu une aventure passionnée cinq ans plus tôt, n'étaient qu'une seule et même personne ? Paniquée, Alex n'a plus qu'une idée en tête : fuir. Et tant pis pour le poste de ses rêves ! Car elle ne peut prendre le risque que Gabriel découvre le secret qu'elle a si précieusement gardé pendant toutes ces années...

UN SÉDUCTEUR POUR AMANT, *Mira Lyn Kelly* • N°3448

Lorsqu'elle découvre que le bel inconnu entre les bras duquel elle vient de vivre l'expérience la plus éblouissante de sa vie n'est autre que Garrett Carter, le frère de sa meilleure amie — un homme dont la réputation de Don Juan invétéré n'est plus à faire —, Nicole sent la panique l'envahir. Cette unique nuit de passion était censée lui permettre, à elle d'ordinaire si sérieuse, de découvrir les délices de l'amour sans engagement, certainement pas de tomber dans les filets d'un impitoyable séducteur ! Si Garrett est expert dans l'art des relations éphémères, ce n'est certainement pas son cas à elle, et elle est bien décidée à garder ses distances la prochaine fois qu'ils se croiseront – ce qui ne peut manquer d'arriver...

LA MAÎTRESSE D'ANTONIO ROSSI, *Susanna Carr* • N°3449

« Bonjour Bella ». Cette voix chaude et vibrante… Impossible ! Et pourtant, c'est bien lui : Bella reconnaîtrait la voix d'Antonio Rossi - et sa stature athlétique - entre mille. Mais que fait cet homme, qui l'a si cruellement rejetée quelques semaines plus tôt, ici, dans le café délabré où elle a dû se résoudre à travailler comme serveuse ? Que peut-il avoir à lui dire, lui qui avait juré, avec le plus intense mépris, que leurs chemins ne se croiseraient jamais plus ? Quelle que soit la raison de la présence d'Antonio, Bella doit absolument le convaincre de partir au plus vite, car, chaque minute passée en sa compagnie augmente le risque qu'il ne découvre son secret. Un secret qu'elle ne peut en aucun cas lui révéler...

LE SOUFFLE DU DÉSIR, *Susan Stephens* • N°3450

Quand elle apprend que Hebers Ghyll, le refuge de son enfance, est sur le point d'être détruit, Bronte sent la colère l'envahir. Pour empêcher cette catastrophe, elle est prête à tout. Et même à affronter Heath Stamp s'il le faut. Heath, son amour secret d'adolescence, l'homme qui alimentait ses rêves les plus fous… et entre les mains duquel réside aujourd'hui le sort de ce domaine qu'elle aime tant, et dont il vient d'hériter. Mais c'est compter sans le désir qu'elle éprouve aussitôt devant Heath, qui n'a plus rien de l'adolescent rebelle dont elle est jadis tombée éperdument amoureuse…. Comment, dans ses conditions, se concentrer sur son travail, et le convaincre qu'elle peut sauver Hebers Ghyll ?

A LA MERCI DU CHEIKH, *Sandra Marton* • N°3451

Karim al Safir ! Lorsqu'elle découvre l'identité de l'homme qui vient de faire irruption chez elle, Rachel comprend que le jour qu'elle redoutait tant depuis que sa sœur a disparu en lui abandonnant son nouveau né, le petit Ethan, est arrivé. Si le puissant cheikh d'Alcantar, l'oncle d'Ethan, réclame la garde du bébé, comment pourra-t-elle lutter face à tout son argent et tout son pouvoir ? Mais quand Rachel comprend que le cheikh la prend pour la mère d'Ethan - et la maîtresse de son défunt frère -, un fol espoir l'envahit : si elle ne le détrompe pas, peut-être lui laissera-t-il l'enfant ? Hélas, sous le regard brûlant et pénétrant du cheikh, Rachel devine que ce mensonge va être terriblement difficile à préserver...

FIANCÉE SUR CONTRAT, *Maggie Cox* • N°3452

Pour éviter à son père la ruine et le déshonneur, Natalie se voit contrainte d'accepter l'odieuse proposition de Ludovic Petrakis, l'homme qui s'apprête à racheter l'entreprise familiale pour une bouchée de pain. Il augmentera son offre de rachat de moitié, à condition qu'elle l'accompagne en Grèce et joue le rôle de sa fiancée auprès de ses parents vieillissants, si pressés de le voir fonder une famille. Si un tel mensonge la révolte, Natalie n'a d'autre choix que de se plier aux exigences de cet impitoyable milliardaire. Mais, bientôt, elle sent une sourde angoisse l'envahir. Ne prend-elle pas un risque insensé en acceptant de jouer la comédie de l'amour avec Ludovic Petrakis ? Car, malgré elle, elle se sent terriblement attirée par cet homme qui vient pourtant de lui prouver qu'il était, quant à lui, dépourvu de cœur...

IRRÉSISTIBLE TENTATION, *Kate Hewitt* • N°3453

- Le destin des Bryant - 3ᵉᵐᵉ partie

« Même un grand businessman peut éviter d'envoyer des sms pendant la cérémonie de mariage de son frère, Monsieur Bryant... » Aaron est furieux. Comment cette femme a-t-elle osé lui *confisquer* son téléphone portable ? Il y a bien longtemps qu'il ne reçoit plus d'ordres de personne, et il n'a pas de temps à perdre avec Zoe Parker et ses provocations. D'ailleurs, elle n'est même pas son genre, trop mince, trop délicate... Oui, mais une irrésistible lueur de défi brille aussi dans le regard de la jeune femme. Et s'il y a bien une chose à laquelle Aaron n'a jamais su résister, c'est à l'appel du défi. Quelle plus belle victoire que d'effacer le sourire moqueur qui flotte sur les lèvres de Zoe Parker, et de changer les critiques qui jaillissent de ses lèvres pulpeuses en gémissements de plaisir ?

UNE NUIT AVEC SON ENNEMI, *Jacqueline Baird* • N°3454

Beth est effondrée. Jamais elle n'aurait imaginé, lorsqu'elle a cédé à la passion que lui inspire, en dépit de toute raison, l'impitoyable - et terriblement séduisant - Dante Cannavarro, que ce court instant de félicité bouleverserait sa vie à tout jamais. Pourtant, le doute n'est pas permis : aujourd'hui, elle porte son enfant. Et si elle aime déjà de tout son cœur ce petit être qui grandit en elle, elle ne se fait aucune illusion : Dante a beau vouloir assumer son rôle de père, il ne voit en elle qu'une aventurière sans scrupules. Comment, dans ces conditions, pourrait-elle envisager de lier son destin à celui de cet homme dont le mépris la blesse beaucoup plus qu'elle ne le voudrait ?

Attention, numérotation des livres différente
pour le Canada : numéros 1872 à 1881.

www.harlequin.fr

Composé et édité par les

éditions H **HARLEQUIN**

Achevé d'imprimer en janvier 2014

La Flèche
Dépôt légal : février 2014

Imprimé en France